婚約破棄から始まる
バラ色の異世界生活を謳歌します。

CHARACTER
シルバ
偶然アスカが助けた
プラチナウルフ。
アスカのことが大好き。
ゼクス
ギルノア王国の第八王子。
獣人族の血を引いており、
狼の耳と尻尾を持つ。
聡明で責任感が強い。
アスカ
桁外れの魔力を持つ元侯爵令嬢。
実は前世の記憶がある転生者。
フリオニール王子に婚約破棄されるが
新たに国王より辺境地を賜り、
自由気ままに冒険者生活を楽しむ。

ペルセウス・ギルノア
ギルノア王国の国王。
アスカの実力を高く買っている。
イスメラルダ
ギルノア王国の聖女。
物腰が柔らかく、穏やか。アスカの親友。
マリアンヌ
フリオニールに取り入り
贅沢な生活を送る。
自分勝手で残酷な一面を持つ。
フリオニール・ギルノア
ギルノア王国の第一王子。
黙っていれば美男子だが、
いろいろと残念な性格。

プロローグ　婚約破棄って甘美な響きですよ

「アスカ。私は真実の愛を見つけた。悪いが君との婚約は解消させてもらう」

フリオニール王太子は私こと、アスカ・キサラギに高らかに宣言した。

今日は私の社交界デビューの日だ。この国で十五歳になる貴族子女が集まり、盛大に開かれるダンスパーティの会場での事だった。

王家の主催で毎年行われるこのパーティは、この国の主《おも》だった貴族家が参加している。

その場の空気は凍り付いたが、王太子であり私の婚約者でもあったフリオニール様は気付いていない。彼に腕を絡ませている、やたらとお胸の大きな子爵家令嬢のマリアンヌと見つめあいながら言葉を続ける。

マリアンヌは学院の同じクラスであったが、決して成績の良い子ではない。

むしろアホの子と言ってもいいだろう。

全ての栄養はお胸に偏り、興味があるのはドレスや宝石、お化粧ばかりという、典型的な贅沢貴族のお嬢様だった。

そしてそんな生活を続けるために、一番お金を持っていそうな王太子に狙いを定め、籠絡《ろうらく》に成功したのだろう。

ナイスジョブだよ！　マリアンヌ。

「アスカに落ち度があったのではない。ただ私が若すぎて、愛というものを、わかっていなかったのだ。十分な補償はさせてもらう。どうか私の真実の愛を快く応援してほしい」

私の父、キサラギ侯爵はその言葉を聞いて、その場にへたり込んでしまった。

国王陛下も親同士で決めた婚約を、こんな席で解消だと宣言されて頭を抱えている。

陛下は唯一私の本当の力を知る人だったからね。

私が約束通りに王太子様と婚姻すれば、実家のキサラギ家は公爵へと陞爵《しょうしゃく》する事も決まっていた。

婚約の話がなくなった以上、王家の縁戚関係のみ叙爵される公爵家への話は当然立ち消えだろう。

私は婚姻前に決まって良かったと思ったが、お父様たちはそうは、いかないらしい。

「フリオニール様。畏まりました。どうぞお幸せに！」

しかし私はそう言って、涙を拭くふりをしながら王太子に背を向けて、足早に会場を後にした。

廊下に出て周りに誰も居ない事を確認すると、満面の笑みを浮かべて「ビバ！　異世界!!」と叫んじゃったよ。

◇◆◇◆

翌朝、私は王宮へ呼び出された。

父は昨日のショックで寝込んでしまっているため、代わりに私の異母兄であるアンドリュー兄様が、私と一緒に王宮へと向かう。

「アスカ、お前は王太子様に何をしたんだ？」

「え？　別に何もありませんよ？　マリアンヌがフリオニール様の言う事を何でも素直に聞いてあげたから、気持ちが移ったのでは？」

「まじか？」

「ええ」

「まぁ、心変わりは仕方ないが、貴族は見栄で生きている。わがキサラギ家が理由はどうあれ、社交界で笑いものにされた事実は消えない。恐らく今回の件でお父様は隠居され、家は私が継ぐ。そしてアスカには家を出てもらう」

「承知しております。昨晩、王太子様に補償はするとの言葉もいただきました。私はこの先キサラギ家からも離れ、一人で生きていこうと思います。親不孝な娘で申し訳なかったと、お父様にお伝えください」

「おい、アスカ。まさかこのまま家に戻らぬつもりか？」

「はい。私は居なかった者としてお扱いください。陰ながらキサラギ家のご発展をお祈り申し上げますわ」

兄と私は謁見の間に呼ばれて中へと入った。

その場には王太子と執事の二人だけがいて、執事が慰謝料の目録を読み王太子からは一言もなく終わった。

キサラギ家に対して一千万ゴル、私アスカに対して五百万ゴルとだけ記された紙切れで、帰りに国庫で受け取るように告げられた。(この世界でのゴルという通貨の単位は、現代の日本円と、ほぼ同じ価値だよ)

「それではアンドリュー兄様。ごきげんよう」

私は貴族家の娘として、最後にこれ以上ないと思えるほどに綺麗なカーテシーを捧《ささ》げ、馬車にも乗らず、アンドリュー兄様と逆方向へと歩みを進めた。


三分ほど歩くと、王宮の門を守る衛兵の姿も見えなくなる。

その先に造りは良いが派手さはない、一台の黒塗りの馬車が停まっていた。

目を向けると手だけが見え、私を招き寄せているのがわかる。

「まぁしょうがないか」と、呟いて馬車へと近寄る。

その中にはこの国の国王陛下、ペルセウス・ギルノア様の姿があった。

「アスカ。すまん。我が息子ながら、あそこまでアホとは思っていなかった」

「国王陛下。王太子様は次代の国王になられるお方です。きっと深いお考えがあったのでしょう」

「アスカはどうするのだ。家を出るのであろう？　まさかこの国からも出て行くのか」

「国王陛下。そこは少しご相談が……」

第一章　婚約破棄をされるまで

私は一歳の誕生日を迎えた日に全てを思い出した。

ちょっと長くなるけど、私のこれまでの、お話をするね。

とてもブラックな企業で働く二十六歳の社会人だった私は、連日の徹夜勤務で疲労度マックスになり、帰宅途中の地下鉄の駅で階段を踏み外し、あっけなく人生を終えた。

そして転生し、記憶が戻った私の現在の環境は……

貴族家三女。それも侯爵家だから悪くない。

この世界には魔法が存在した。

ラノベ大好きだった私は、そりゃ喜んだよ。

憧れの魔法少女になれる可能性大だからね。

どうせ異世界転生するなら、女神様から、チートな能力の一つや二つはもらいたかったな。

でも私には前世の記憶という、とてつもないチート能力があった。

一歳で前世の記憶を取り戻した私は、まずこの世界の言語を必死で学んで本が読める程度になろうと思った。

日本語のように、いろいろな文字の種類がある訳じゃないしね。

ただ、一歳の子供が屋敷の中といえども勝手に歩き回って書庫の本で学ぶのは不自然なので、協力者は必要だった。

私は屋敷の中の人間関係を冷静に見極めた。

父である侯爵様は、自分の領地にはほとんどいらっしゃらず、王都でお仕事をしている。

このお屋敷には父の三人の夫人と、その子供たちが暮らしているが、三人の夫人にはそれぞれ別《べつ》棟《むね》となった屋敷があてがわれ、渡り廊下で本邸と繋がる構造になっていた。

第一夫人には一男一女。

第二夫人には二男一女。

そして第三夫人である私の母には一女（私）だけという家族構成だった。

第一夫人と第二夫人の義母《かあ》様は他領の貴族家からの輿入れだったけど、私の母親は侯爵家寄子《よりこ》の男爵家から行儀見習いでおとずれていた時に、侯爵様に見初められ、できちゃった婚をしたんだって。

母は他の使用人たちと比べても若い。

一応貴族家の娘だから、露骨にいじめられはしないけど、他の二人の夫人から見れば、使用人が色目を使って割り込んだと思っているだろう。

屋敷内でも母の味方は、母と同じ年の侍女で領内の寄子《よりこ》の準男爵家から奉公に来ているサリアという人だけだ。

私はこのサリアと仲良くしようと決めた。

ようやく一歳になったばかりの私は、サリアに話しかける。

「しゃりあしゃん、あしゅか、じを、よめるようになりたいの」

一歳になったばかりの女の子に話しかけられ、ちょっと吃驚《びっくり》したようだけど、サリアは私にこの国の文字を教えてくれた。

わずか一か月ほどで、この国の文字を覚えた私にサリアは「アスカ様は、本物の天才でございます。奥様や旦那様にお伝えして、しかるべき教育を受けられるように私から申し出ましょう」と言ってくれた。

前世で、一流と言われるほどではなかったけど国立の大学を現役で合格、卒業した私にとっては、さほど難しくはなかったよ。

「しゃりあしゃん、わたしが、じがよめたり、しゅこし、おべんきょうができるのは、まだないしょにしていてほしいの。いまはまだ、ないしょで、いっぱい、おべんきょうしたいの」

「内緒でございますか？」

「うん！」

そう答えて満面の笑みを見せると、サリアは……簡単に落ちた。

それからはサリアに頼み、お屋敷の書庫から次々に本を持ってこさせて私は本を読みあさった。

この世界では六歳の洗礼の儀式で魔力の有無と適性を告げられ、そのお告げに沿って人生が決まるらしかった。

まず、魔力があるのは全国民の十パーセント程度なんだって。

そして使える魔法の属性だけど、四つの基本属性、火、水、風、土が存在し、魔力があれば各二十パーセントずつの確率で、この四属性のいずれかの適性が現れる。

残りの二十パーセントの中で、聖属性が十パーセント、その他希少属性の光属性や闇属性などが十パーセントで現れ、聖属性であれば、聖職者や聖騎士としての輝かしい未来が待っているんだって。

そして魔法適性のある人の中でも二つの属性を使える人は十パーセント。

三つの属性なら更に十パーセントと十分の一の希少さになるんだって。

属性が三つも使えれば騎士としても冒険者としても、一流の未来が待っている。

この洗礼は六歳まで受けられないから、現時点で私に適性があるのかどうかはわからない。

もし適性があっても魔力量が大事で、少ないと魔法が発動できない人もいるんだって。

鍛えれば少しは増えるそうだけど、お告げ以降に大幅に増える人は少ないらしい。

このあたりがこの世界での魔法の基礎知識だよ。

そのほかにもサリアに持ってきてもらった本で、この世界の基礎知識は学んだけど、大して役に立ちそうな知識はなかったんだよね。

でも！　私には前世で手に入れた豊富なラノベ知識が存在する。

その中にはきっと見つかるはずだ。

自力で身に付けるチートが！

六歳の洗礼を受けるまでが勝負だよね!!

私が最初に考えたのは、魔法が使える世界なら必ず体内に魔力を生み出す器官か、空気中に存在する魔素を取り込むための器官が存在するはずという事だ。

そう思って自分の身体の中に魔力を感じる部分を探した。

一週間程頑張ってみたけど何もわからなかった。

だけど……私は魔法使えない人なのかな？　せっかく異世界に来たのに悔しいいい！　と思い始めた頃だった。

お丸に座って、おっきな方を頑張って出していた。

その日は、するっとは出てくれなくて、下腹の辺りに手を当てて、押さえるような感じで一気に力んだの。

ちょっときちゃない話でゴメンネ……

その時、手を当てた下腹部分にほんの少しだけ、他の部分と温度差があったように感じた。

「まさか？　ここなの？」

おへその下あたりで、表面ではない五センチメートルほど奥の辺り。

意識を集中してみる。

ある。

確かに何か違う物を感じる。

「やったあああぁああ！」

私はトイレでパンツを下ろしたまま、大声で叫んだ。

サリアが慌てて駆け込んで来て「アスカ様どうなさいましたか？」と声を掛けてきた。

ちょっと恥ずかしくなったけど「あのね、おっきなう○ちがでて、うれしかったの」と伝えた。

一歳ちょっとの子供が出すには大きすぎる物体を確認しながら、サリアが「アスカ様おめでとうございます」と言いながら、お尻を拭いてくれた。

魔力を感じられれば次の段階だ。

ここもラノベ知識が役に立つ。

私は下腹部に感じた魔力を意識して、体全体に移動させようと必死で練習した。

まず魔力があった場所だけど、これは前世の記憶では丹田《たんでん》と呼ばれている部分だったと思う。

この丹田《たんでん》を起点にして、胸、右腕、頭、左腕、腰、左足、股、右足と魔力を動かし、また丹田《たんでん》へと戻す。

慣れてきたら、徐々に速度を上げていく。

さらに慣れてきたところで、任意の場所に瞬間的に移動させる。

これを三か月ほどずっと行っていた。

魔力を身体の中に通すと、頭も体もすごいスッキリして気持ちがいいのもわかった。

次の段階は魔力を消費する方法だ。

体内の魔力を消費しきってしまえば、次に作られる魔力はもっと大きな魔力になるはず。

私がラノベで培《つちか》った知識は教えてくれる。

「でも、私ってまだ魔法使えないから、消費の仕方がよくわかんないな？」

一生懸命に「火よつけ」「ファイア」「着火」「古の約定により火の聖霊よ顕現し、この世界を燃やし尽くせヘルバーニング！」などと唱えてみたが、何一つ現象は起こらなかった。

「ねぇ、しゃりあしゃん。しゃりあしゃんは、まほうはちゅかえるの？」

「アスカお嬢様。私は洗礼の儀では聖魔法の適性があると告げられましたのよ」

少しドヤ顔だった。

「しゃりあしゃんしゅごい！　ちゅかってみせて」

「それが……私は魔力量が少ないというか、聖魔法を発動できるだけの魔力を持っていなかったので、使えないらしいのです。それで就職もできずにここのお屋敷で行儀見習いをさせていただきながら、嫁ぎ先を探しているのでございます」

うん……サリアの残念キャラにとっても似合う境遇で安心したよ。

「まほうのちゅかいかたって、どうしゅるの？」

サリアは、お箸のような棒を取り出して私に言った。

「こういった杖と呼ばれる発動媒体を通して顕現させるのが普通でございます。私もまだ諦めきれなくて、毎日時間がある時は杖に魔力を流していますが、まだ発動はした事がないのです」

サリアの話を聞いて私なりに考えてみた。

とりあえず杖に魔力を通せば体内から外には出るんだから、魔力は消費できるかな？

あれ？　もしかしてサリアに私の魔力を流したら、サリアが魔法使えるようになったりするかも？

そう思ってサリアに話しかけた。

「しゃりあしゃん。あしゅかにちゅえにぎらしぇて？　それではんたいがわを、しゃりあしゃんがにぎってて」

　言われた通りにしたサリアに、私はいつものようにゆっくりと体内の魔力を動かし、杖を通じて全ての魔力を彼女に送ってみた。

　すると急な眩暈《めまい》に襲われ、私はその場に倒れた。

「しゃりあしゃん、ヒーリュをちゅかってみて……」

　薄れゆく意識の中でサリアにそう伝える。

　サリアは「お嬢様ああ」と叫びながら動揺していたが、「ヒール」と唱えた瞬間、杖の先からヒールが柔らかな光と共に発動した。

　そのヒールのお陰でかろうじて私は意識を取り戻した。

　ただし、魔力がない状態だから眩暈《めまい》がする。

　あれ？　魔力がないと眩暈《めまい》がするって事は、もしかしてこの世界の人ってみんな魔力はあるのかも？　そのまま倒れるようにベッドで眠りについた。

「あああああ、私、今、ヒール使えちゃったよぉおお」

　ちょっと騒がしめなサリアの声を子守唄代わりにしながら……

　それから毎日お昼寝の前と、夜寝る前の時間は必ずサリアに杖を通じて魔力を流した。

　慣れてくると杖も必要がなくなった。

　普通にサリアと手を繋ぐだけで、自分の体内の魔力をサリアに送れるようになったよ。

　そして私の魔力を受け取ったサリアは魔法が使えるようになっていた。

聖魔法であるヒールと浄化の魔法を使ってお屋敷内の家事を効率的にこなし、私と一緒に居る時間をたくさん作れるようになっていた。

サリアは魔法を使えるようにはなったのだけど、なぜかその事実を他の人には教えなかった。

「しゃりあしゃん。なんでまほうちゅかえるって、ほかのひとにおしえないの？」

「アスカ様。私はアスカ様に手を繋いでいただいた後でないと、あいかわらず魔法は使えないので、それではとても口外などできません」

確かにそうだよね……

でも私は毎日サリアに魔力を譲渡しながら、気になる事があったんだよね。

サリアの体内できちんと魔力が一周していないっていうか、詰まっている感じがしたの。

今日はちゃんと原因を究明してみようと思って、サリアが部屋に来ると早速手を繋いでもらった。

「しゃりあしゃん、きょうは、りょうほうのおててちゅなぐの」

「わかりました。アスカ様、これでよろしいですか？」

サリアが向かい合って、私の両手を軽く握る。

私はゆっくりとサリアの体内に魔力を流し始めた。

サリアの体内を感じるようにゆっくりと……

この頃には私の魔力の量は、最初にサリアと手を繋いだ時の十倍以上になっていた。ゆっくりと流し続けてサリアの全身を魔力で満たしても、私の魔力の半分程度しか使わない。

そして辿り着いた。

サリアの魔力が滞っている場所に。

サリアは決して魔力がなかったり少なかったりする訳じゃなくて、ただ回路が詰まっていただけだった。

丹田《たんでん》から出ていく魔力が何らかの理由で詰まっていて、体内へ循環できていなかったんだ。

私は自分の魔力を使って、少しずつ少しずつ、サリアの丹田《たんでん》の詰まっている部分を押し広げる。

サリアの身体に私が流している魔力にプラスアルファした魔力が流れているのを感じる。

「しゃりあしゃん。じょうかをちゅかってみて。いっぱいあせかいてるから」

「はい、浄化でございますね」

「いっかいだけでなくて、なんかいも、まりょくがなくなるまで、ちゅかってみて」

「畏まりました。アスカ様」

むむっ、十回使えたね。

私の魔力の半分くらいと、サリアの自前の魔力で十回か。

さらに私の残り半分の魔力をサリアに流し込み、もう一度使えなくなるまで浄化を使わせてみた。

今度は八回使えた。

ふむふむ。

「しゃりあしゃん。もう、しゃりあしゃんも、あしゅかとおててちゅながなくても、にかいは、じょうかが、ちゅかえるよ」

「え？　本当でございますか？　なぜ急にそのような事が？」

「えとね。しゃりあしゃんは、まりょくのでぐちが、ちゅまってたの。それをいま、かいちゅうしてあげたんだよ。まいにち、おへしょのしたのところにありゅ、まりょくをかんじるようにしたら。もっといろいろ、できりゅようになりゅかもね？」

こうして私は、他人の魔力回路を自分の魔力を通して見られるようになったんだよ。

それと同時に気付いたのは、魔力が枯渇《こかつ》していると酷《ひど》い倦怠感《けんたいかん》を覚えること。そして魔力なしと言われた人は、恐らくみんな回路が何らかの理由で閉じてるだけだということ。

そうじゃないと空気のように魔素が存在するこの世界で体が満足に動かせないはずだから。

次に私が興味を持ったのは、実際に魔法をどうやって使うかだ。

これは、洗礼を受けて適性を授からないと、使えないのかもしれない。

今の段階でも決して少なくない魔力量を私は持っている。

それなのに、魔術書に書いてある通り呪文を唱えても、全然魔法が発現できない。

サリアでさえ使えるのにだ。

これはしょうがないのかな？　と思っていたある日、錬金術という本を目にとめた。

ページを開いて見る。

錬金術とは、錬金釜と呼ばれる魔道具を用いて、錬金釜に刻み込んである魔法陣に魔力を流して行われる魔導錬成の事だと書いてあった。

魔法陣は現在は書ける人がいなくなった技術だとある。

現在存在する錬金釜は、全て国が管理していて国のお抱え錬金術師が魔法薬を調合したり、魔法金属を作り出したりする時に使用されているそうだ。

魔法陣なら、そのまま書き写せば同じ物ができるんじゃないの？

そう思ったけど、ただ書き写すだけでは発動しないらしい。

魔法陣を書く場所と、その文字が持つ意味に重要なポイントがあるらしくて、意図を込めながら刻み付けなければ、全く発動しないんだって。

現在残っている魔法陣は、ほとんどが錬金釜に記されている物と、各街の教会の床に記されている、結界魔法陣と呼ばれる物しかないそうだ。

王都も含めて結界の魔法陣が記された床が存在したから、その場所に街ができたって記されていた。

ふむふむ。

そりゃそうだよね、この世界には魔物や魔獣がいて、空を飛ぶ敵もいるんだから、結界がないと街なんて成立しないよね。

法律が書いてある本では、この国で一番重い罪は殺人よりも何よりも魔法陣の破壊だって書かれていた。

汚損しただけでも、極刑の対象になる。

破壊であれば、実行犯とその三親等以内の親族が全員死刑にされる。

たとえ貴族や王族であっても。

え？　それってもし王子が間違って魔法陣を傷つけたら、王様でも死刑にされるって事なの？　万が一、王都の結界魔法陣が傷ついて機能しなくなれば、それこそ五十万人はいる王都の国民全てが魔物に襲われる危険がある。それを思えば、しょうがないのかもしれないけど……

この世界に存在する魔法陣に魔力を注げる人は、各国と教会によって厳しく管理されている。

錬金釜を扱える錬金術師は、もちろん国家資格だし、魔法陣に魔力を注ぐことができる人は、聖女様や聖人様と呼ばれる教会の偉い人だけだ。

洗礼の儀式で特別高い魔力を検出され、さらにそれから六年間を教会で修業を積み、人柄や性格に問題がないと判断された人だけが、魔法陣に魔力を注ぐ栄誉を与えられる。

地方都市では、魔力の高い女性が地方領主に嫁入りし、各街の守護を教会の聖職者と共に担《にな》う事になる。

私は魔法陣に魔力を流せれば、もっと簡単に魔力消費ができて、順調に魔力量を増やせるのになぁと考えるようになっていた。

(魔法陣を見てみたいな)

サリアは自前の魔力だけでもお屋敷の掃除程度はこなせるようになっていた。

でも、手を繋いでみてもサリアの魔力量自体は増えていない気がする。

発動回数を重ねれば熟練度も増して、使用回数が増えるとかもあるのかもね？

「しゃりあしゃん。あしゅかね。まほうじんがみたいの。かきうつしたようなごほんってありゅの？」

「アスカ様。魔法陣の写本はございますけど、とっても高価な上に発動などはできない物ですから、魔法陣を研究する学者様たちくらいしか、お持ちになっていないんですよ？」

「しょれでもいいの。あしゅか、まほうじんがみたいの」

「私では手に入れる手段もないので、お母上にご相談されてみてはいかがでしょうか？」

「わかったの」

私はお母様に相談した。

お母様は、お父様と結婚される前はサリアと同僚だったので、私が本を読みたいという話はそれとなくサリアから聞き及んでいて、母の実家の男爵様経由で手に入れてくれた。

私の二歳のお誕生日に絵本と一緒に置いてあったの。

大喜びで魔法陣の写本を開いて見ると……噴いちゃったよ！

日本語でびっちりと発動効果、発動方法、発動威力、必要魔力が書き記されていたのだ。

修正や解除にはキーワードとして、クロスワードパズル的な要素が盛り込んであったけど、前世が日本人な私には、さほど難しくもない文字の羅列だったの。

そりゃぁ、この世界の人に、ひらがな、カタカナ、漢字、ローマ字、英数字を複雑に絡ませてある日本語文書を読めと言っても難しすぎるよね。

同じ言葉でも違う種類の文字で書いてあるし、わからないのも無理はないかな？

でも、私には普通に読めるし意味もわかる。

これって私、魔法陣書けちゃう？

それからは、毎日魔法陣を書くのに夢中になった。

錬金や結界などの難しい魔法陣は文字数も多くて大変だけど、属性魔法など、現在知られている魔法は全て魔法陣に書き記して魔力さえ流せば、誰でも使えると知っちゃった。

どうやらこの世界は私にとってイージーゲームだと確定しちゃったね。

でも私はまだ二歳。

今は魔力を蓄えるために、毎日自前の魔法陣に魔力を流して頑張ってるよ！

身体強化や魔力強化も効果を魔法陣に書き記していくと、普通に使えるようになっちゃった。

難しいのは効果に対して必要な魔力量の計算くらいかな？

でもそれも実際に魔力を流して発動に成功すれば、試行回数を重ねて答えを導き出せるしね。

時間だけはたっぷりあるから楽勝だよ！

◇◆◇◆

そんな感じで幼少期を過ごした私は六歳を迎えた。

三歳下の弟もできて、とても充実した毎日を送っている。

流石《さすが》に弟は転生者ではなさそうだけど、私が魔力を流してみるとびっくりするほどの才能を秘めていることがわかった。

このまま成長すれば、兄様たちを押しのけて侯爵家を継げる立場になれる魔力量だと思う。

それはそれで心配だけどね。

彼が健康に育ってくれる事だけを考えよう。

今日は、私の洗礼の儀式が行われる日だ。

どの家庭もこの日だけは家族全員で集まって、洗礼の儀式で判明する能力に一喜一憂する。この国では当たり前の光景なんだよ。

私の侯爵家では、すでに三人の兄と二人の姉が洗礼を受けている。

第二夫人の二人の兄は貴族家の男子として可もなく不可もなくの平均的な能力を授かっていた。

それぞれ火属性と風属性に適性を持ち、将来は王国騎士になれるだろうってお父様も喜んでいた。

二人の姉もそれぞれ水属性と聖属性の才能に恵まれ、聖女候補になれるほどではないが、そこそこの魔力量を持ち、将来の縁談には困らないはずだ。

問題は、長兄のアレフだった。

幼少期から乱暴な上に勉強も嫌いだったアレフは、洗礼の儀式で何の才能も判明せず、魔力も微弱と告げられた。

こういう場合はひたすら剣術や体術を極めるべく頑張るしかないのだが、彼は努力という言葉が大嫌いで、毎日の鍛錬も全然まじめにやらず、お父様の付けてくださった剣術の師範も匙《さじ》を投げる始末だった。

そしてさらにたちが悪い事に、性欲だけはとても旺盛で、何度も領内の平民の女の子を襲う事件を起こしていた。

流石《さすが》にお父様もこのアレフに家を譲る判断はしないよね？

でも第一夫人のイザベラ義母《かあ》様はアレフが家を継ぐものと信じてるよ。

どうなる侯爵家？

あ、私の洗礼の話のつもりがずいぶん脱線しちゃった。

ゴメンネ。

私の洗礼の儀式は、普通にやってしまうと絶対ヤバいとわかっていた。

だから、自分の前の順番の人よりちょっとだけ多い魔力を出そうと思ってたの。

私の前にいた公爵家の次女、イスメラルダ様の魔力を私はしっかりと確認させてもらった。

私から見たら微弱な量だけど、お姉様たちよりは多かったかな？

公爵家ご一行がとても嬉しそうに退出されている姿を見ながら、私も家族と一緒に洗礼の儀式の部屋へと入ったわ。

でも一応、私も侯爵家の娘として参加しているし、お父様に恥をかかせるほど少なかったら悪いかな？　と、イスメラルダ様よりちょっとだけ多めに魔力を出したの。

手抜きがばれないように、表情は一生懸命っぽくしたよ？

すると、その場に居た枢機卿《すうききょう》様が「おお、素晴らしい」とため息の交ざったような声を上げた。

「え？　どういう事」

「たった今、洗礼を終えられたイスメラルダ嬢はこの国での洗礼儀式で歴代最高の魔力を記録されたのです。その直後に、さらにその倍以上の魔力量を計測しております」

「え？　測り間違いがあるかもしれません。もう一回お願いします」

「この水晶は、神から賜った宝具です。誤作動などはあり得ません。正真正銘アスカ様はこの国の聖女としてふさわしいお方でございます」

ヤバい……やばい……やらかしちゃったぁあああ……

あ、まだ適性を聞いてないな。

適性は何だったのかな？

「アスカ様の適性は無でございます」

「無？　ないって事ですか？」

「いいえ、何物にも縛られない無限の可能性を秘めた属性でございます。過去にお一人だけ記録されております。そのお方こそこの王国の建国の母、初代神聖女様その人でございます。教会から国王陛下にご推挙させていただき、神聖女の称号を名乗れるように取り計らいましょう」

「流石《さすが》我が娘だ。この結果であれば国王陛下より王太子様の婚約相手としてお声が掛かるに違いない。わがキサラギ家も公爵家となる日が近いぞ」

お父様のその言葉に、私のお母様はとても喜んだけど、二人の義母《かあ》様は私の利用価値を値踏みし、兄様姉様の表情はそれぞれ複雑な表情をしていた。

やりすぎは駄目絶対！　これ基本だったのに……

まだ六歳なのに教会へ閉じ込められちゃう人生なんて最悪だよ。

どうにかして逃げられないかな？

でも、私の願いは聞き届けられず、翌日から教会に預けられた。そして聖女となるための修業をさせられた。

いくら魔力の数値が高くとも、六歳はまだ子供だ。結界の魔法陣を傷つけてしまわないように、徹底した倫理観や礼儀作法などを叩き込む英才教育が始まった。

お父様は早速ロビー活動を行い、私は一つ年上の王太子、フリオニール様の婚約者となった。おかげで未来の王妃様としての教育も行われる事になっちゃった。

この状況はもしかして……私って自由を失っちゃってる？

◇◆◇◆

それからさらに三年の月日が流れ、私は日々教会で聖女となるための勉強と、王妃教育としての礼儀作法を叩き込まれる生活を送っている。

私と同日に洗礼を受けた、公爵令嬢のイスメラルダ様も同じように教会へ預けられ、同じ教育を受けている。

元々私の存在がなければ、イスメラルダ様が未来の王妃として教育されていたはずだろうし、ちょっとだけ『ゴメンネ』って思う。

だけど、中途半端な爵位でなく王家以外では最高位となる公爵家出身のせいか、ライバル意識をむき出しにされたり、意地悪をされたりという事もなく、本当の姉妹以上に仲良く教会での日々を過ごしていた。

もちろん一人の時間はあいかわらず魔力増幅に励み、魔法陣をどんどん書き出し、私の作ったマジックバッグの中にストックしている。

マジックバッグっていうのはダンジョンと呼ばれる魔物の巣窟でごくまれにドロップされる、見た目よりも多くの物を収納できる便利な魔道具だ。

私が作ったマジックバッグは不自然さがないように、術式を書き込んだ魔法陣をポケットに張り付けているだけなので、とってもシンプルだよ。

私が魔法陣を読み解いたり書いたりできるのは、誰にも教えてないけどね。

サリアは気付いてるかもしれないけど……

そのサリアは、私が教会に預けられてしまったのでお役御免となり、侯爵領内の寄子《よりこ》であったフーバー男爵家へ輿入れして、今年無事にお世継ぎとなる男の子を産んだとお手紙を貰った。

良かったね。

これまで第二夫人以降の縁談しか来なかったのが、聖魔法を使えるようになって、正妻として輿入れできたととっても感謝されたよ。

一方私は、婚約者であるフリオニール様とは週に一度教会に礼拝に来られる時に、一時間ほどのティータイムを過ごしている。

イスメラルダ様も第二夫人として彼への輿入れが決まっていて、三人で一緒に過ごすようにしているんだけどね。

フリオニール様は眉目秀麗であり、礼儀もきちんとされているように見えるのだけど、中身がないっていうか、覇気を感じない。

会話も盛り上がりに欠けるんだよね。

それでも婚約者だし、別に悪人ではないから『しょうがないのかな?』と思っている。

◇　◆　◇　◆

今日は私の三歳下の弟である、アランの洗礼の儀式の日だ。

久しぶりに家族が揃い、アランの洗礼を見守った。

アランの洗礼の結果は予想以上で、火、氷、聖の三属性の適性を告げられ、魔力量も少なくない。

しかも氷属性は、希少属性に分類され使い手がとても少ない。

将来は、騎士団長にもなれるほどの才能だろう。

「アスカお姉ちゃんに負けないように頑張るね!」

洗礼を終えて笑顔で私にそう話し掛けて来た。

もう可愛すぎて、萌え死にそうだよ!


でも……私の場合だと鑑定結果が良くて、公爵家へ陞爵《しょうしゃく》の可能性を招き入れるけど、アランの場合は侯爵家の後継者争いで、三人の兄の存在を脅《おびや》かしかねない。

第一夫人のイザベラ義母《かあ》様と第二夫人のカーラ義母《かあ》様のアランを見る目に闇を感じた……

翌年最悪な事態が起きた。

お母様と弟の乗った馬車が山賊に襲われ、二人とも殺されてしまったのだ。

お母様の実家へと避暑に出かける途中だった。

侯爵夫人であるお母様の帰郷なので、ちゃんと護衛の騎士もついていたにもかかわらずだ。

経験の浅い騎士だったとか、人里離れた場所だったとか、そんな理由はあったけど、狙いすましたように私のお母様と才能豊かな弟アランを襲った山賊は、結局捕まらなかった。

葬儀のために実家に戻った私が見たのは、嬉しそうに葬儀を取り仕切るイザベラ義母《かあ》様と、少し怯えたような表情のカーラ義母《かあ》様の姿だった。

どちらかの差し金でこうなったのだろうけど、今はまだ証拠がない。

私は必ず真相を突き止めようと誓った。

お母様とアランの仇は必ず取るからね！

「アスカ、義母《かあ》様とアランは残念だったな。アスカは気を落とさず、しっかりと聖女になるための修業を積み、このキサラギ家が公爵家へと陞爵《しょうしゃく》されるように学ぶのだぞ」

にやけた表情で上辺だけの言葉を掛けて来る長兄アレフに虫唾《むしず》が走った。

「アレフ兄様、キサラギ家が公爵家になったとしても、今のアレフ兄様のご評判では、お父様はアンドリュー兄様かアンジェロ兄様に家督をお譲りになるのでは？」

「馬鹿な事を言うなアスカ。家は長兄が継ぐ物だ。いくらアスカといえどもこの兄を怒らすとただでは済まぬぞ？」

「失礼いたしました。しかしお兄様、本当に長兄が継ぐのが決まっているのならば、アランと母様は亡くなりはしなかったのでは？」

「何を言い出すのだ。俺は何も関係ないぞ。そんなくだらない事を考える暇があるのならば、せいぜい王太子に捨てられぬように、女らしく振舞う努力でもすれば良い」

アンドリュー兄様とアンジェロ兄様、二人の姉は、私のお母様と弟の死を本当に悲しんでいるように見えた。

お父様は今回の事件に関しては沈黙を貫いた。

お家騒動が明るみに出れば、公爵家への陞爵《しょうしゃく》の話はなくなるだろうから、表立っては何も言えないのだろう。

今回の葬儀で本当に私の心情を察して温かい言葉を掛けてくれたのは、母の友人でもあったサリアだけだった。

「アスカ様。私はどんな事があろうともアスカ様の味方でございます。いつでも私を頼りになさってくださいませ」

「サリア、ありがとう。早速だけどお願いしてもいい？」

「何でございましょうか？」

「胸を貸して」

人気《ひとけ》のない場所で、サリアの胸に顔をうずめ、一時間ほど泣いた。

だってまだ十歳の女の子だから……

精神年齢は三十六歳だけどね……

サリアは私が泣いている間中、一言も発せず優しく頭をなでてくれた。


私は事件の真相を知るべく、他者の精神操作を行うための魔法陣魔法を作り上げた。

対象者の心の中を覗く魔法だよ。

それを使い、やはり私のお母様と弟が襲撃されたのは、イザベラ義母様《かあ》の指示によるものだとわかった。

しかも事実の露見を防ぐために、実行犯はすでに全員が殺されていた。

私は自分の名前を出さずに、カーラ義母様《かあ》に真実が伝わるように画策した。

カーラ義母様《かあ》も、元は伯爵家の長女だ。

政治的な思惑はあるだろう。

何よりも今、一番危険なのは自分の二人の息子だと理解しているだろうから……

カーラ義母様《かあ》の動きは迅速だった。

お家騒動として事を荒立てれば、家名にも傷がつく。

それではどう動けば良いのか？

カーラ義母様《かあ》が選択した答えは、イザベラ義母様《かあ》とアレフ兄様の暗殺だった。

ただ直接暗殺するだけであれば、イザベラ義母様《かあ》と同じ穴の狢《むじな》だ。

私はイザベラ義母様《かあ》とその近くにいる人たちの秘密を探り、それを詳細に綴った『アスカファイル』を作った。そのファイルをカーラ義母様《かあさま》へそっと渡したのだ。カーラ義母様《かあさま》はイザベラ義母様《かあさま》の側近と取引し、自分の味方へと寝返らせた。

その側近によって食事の中に混ぜ込まれた毒物は、徐々にイザベラ義母様《かあさま》とアレフ兄様を蝕《むしば》み、気付いた時には手遅れの状態だった。

全寮制の学園に通っていたイザベラ義母様《かあさま》の娘、イレーナ姉様は被害を免《まぬか》れたけど、イザベラ義母様《かあさま》のお付きたちはキサラギ家から暇を与えられた。

これによりキサラギ侯爵家の体制は固まり、次兄であったアンドリュー兄様が次代の当主となる事が決定した。

お父様はカーラ義母様《かあさま》の動きを全て把握していたけど、何も言わなかった。

私はカーラ義母様《かあさま》に与えた情報と同じ情報を、お父様にも渡るようにしていたからね。

今回の顛末をどう考えているのだろう？

貴族家とはこういう物なのかな？

仕掛けた私が言うのも変だけど、家族に対しての甘い感情を捨て去った十歳の冬だった。

◇　◆　◇　◆

それから時は流れ、私は十二歳となった。

フリオニール様が嫌いではないが、恋愛感情を持てない。

ただお世継ぎを産むためだけの存在になる未来なの？

週に一度の三人でのティータイムはあいかわらず続いているのだが、フリオニール様は私よりイスメラルダの方に興味があるようだ。

まぁ、私から見てもイスメラルダは女の子らしくて素敵だもんね。

十二歳にしてすでに美しいっていう表現がぴったりだし、スタイルだって出るとこは出て、絞るところは絞れている。

それに比べると、凹凸の少ない私にあまり興味が向かないのもしょうがないかもね？

このまま「アスカとの婚約は破棄する」とか言ってくれないかなぁ。

親同士の約束事はなかなか破棄も難しいだろうし望み薄かな……

せっかくの異世界転生、こんな人生で終わるのは嫌だよ。

十二歳になると聖女として結界に魔力を注ぐお役目を担《にな》う。

それと同時に、学院と呼ばれる専門課程を学ぶ学校に通う。

友達と言える存在はイスメラルダくらいしかいなかったから、「学院ではもう少しお友達を増やしたいよね」とよく話してた。

ずいぶん仲も良くなったから、お互い二人きりの時は呼び捨てなんだよ。

イスメラルダと私は毎日交代で結界に魔力を注ぐ。

六時間は一人きりになれる大事な時間だ。

本当に必要な時間はイスメラルダだと五時間くらいで、私だと十秒ほど。でもその事は誰にも伝えてはいない。

決して覗かれない六時間は、私に完璧なアリバイを与えてくれるからね。

その大切な時間を使って教会を抜け出し、冒険者ギルドにこっそりと登録をした。

魔法陣魔法の転移で王都の外に一度出て「辺境の村から冒険者になるため、やって来ました」と門の衛兵に告げる。

普段はプラチナブロンドのロングヘアーを腰のあたりまで伸ばしている私だけど、黒髪にしてポニーテールに纏め、瞳の色も普段の鳶《とび》色から、黒色の瞳に変える。

これも魔法陣魔法で簡単にできるからね。

「街への通行料は三千ゴルだ。ここでは仮の身分証を発行するが、冒険者ギルドで冒険者証を作ればそれが正式な身分証となる。一週間以内に手続きをしなければ、その仮身分証も使用できなくなるから、早めに登録を済ませろよ」

「はい。ご丁寧にありがとうございます。早速冒険者ギルドに向かいます」

門番の衛兵に伝えて冒険者ギルドを訪れた。

新規登録と書いてある受付に向かい、仮身分証を提示して冒険者登録をお願いする。

使える魔法と得意武器を聞かれたので、不自然じゃないように、水魔法と刀と告げて登録を済ませたよ。

十二歳ですでに属性魔法は全て使えるようになっていた。

私の六歳の洗礼で告げられた【無】という属性ははっきり言ってチートだ。

魔法陣魔法を使える私でないと、十分には使いこなせないだろうけどね。

一度、魔法陣を使って発動した魔法は、二回目から属性の制限を受けず、魔法陣を使用しなくても使えるようになるんだよ。

でも魔法陣を使って発動すれば、並列発動や重複発動ができるから、どう使うかは時と場合による！　って感じかな。


この世界の冒険者はFランクから始まって、E↓D↓C↓B↓A↓Sと昇級し、それ以降は特別な戦果をもたらした冒険者に、名誉称号としてSS↓SSS↓X↓Zというランクが用意してあるそうだ。でも、XやZは世界を災厄から救ったような英雄にしか贈られない称号らしいよ。

冒険者ギルドはこの国に所属しておらず、独立した組織なんだって。

戦争があった時には、基本的にどちらにも肩入れをしないで、中立を保つ。

でも傭兵ギルドもあって、そちらは戦争や内乱での戦が本業で冒険者と重複登録している人も多いらしい。

冒険者登録をした国以外での活動は、最低でもBランク以上の必要があるんだって。

受付のお姉さんが尋ねてきた。

「昇級試験に申し込めば、実力次第でCランクからのスタートも可能ですが、どうなさいますか？」

「昇級試験は望みません。ゆっくりとできる事を積み重ねていきたいと思います」

「そうですか……魔物の討伐は常設依頼となっております。討伐認定部位の納品で依頼達成となります。通常の昇級は、本人の希望とギルド職員の推薦の二通りですが、明らかに格上だとわかる状況でなければ、ギルドから推薦はございません」

「あの？　一応聞いておきたいんですけど、ランクが上がると得な事ってあるんですか？」

「ランクが一つ上がるごとに素材の買取価格に五パーセントが上乗せされますので、お金稼ぎが目的であれば、ランクは少しでも高い方が良いですよ？」

「結構大きいですね……」

「昇級試験を受けますか？」

「あ、はい。やっぱりお願いします」

「ギルドの訓練教官が相手をさせていただき、実力に見合ったランクをお知らせします。この試験での最高ランクはCランクです。受験料が一万ゴル掛かりますが、構いませんか？」

商売上手だよね……

「訓練教官はどの程度のランクの方なんですか？」

「元Aランク冒険者のスタンフォードさんです」

ギルドの地下にある訓練場に連れて行かれて、そこで試験を受ける事になった。

「アスカは、刀と水魔法か。好きに使っていいぞ。この訓練場は場外に出れば、怪我が回復する。致命傷を負えば、外に転送されて全回復するぞ」

「はい。それではいきます」

一応身体強化は掛けておいたし、水魔法は使えるって言ってあるんだから、刀に纏わすくらいは大丈夫だよね？

　私が水魔法を刀に纏わせて振ると、水がレーザー状に伸びて長さ三十メートルにわたる刃になる。この訓練場自体が五十メートル四方程度だったので、真ん中で振れば当然全体に刃が届く。刀を十回ほど振り回せば、最初は少し距離を取って立っていたスタンフォードさんの手や足が斬り離され、転がって外へと転送されていった。

「はあっ⁉」

「あの……アスカさん？　今のは一体」

　スタンフォードさんが叫び、受付のお姉さん（キャサリンさんというらしい。名札があった）に聞かれて、困っちゃった……

「普通に水魔法を武器に纏わせて、斬っただけですけど？」

　スタンフォードさんも、転送された場外から戻ってきた。

「いやぁ、びっくりした。確かに油断していた俺も悪いが、魔獣に対してこの言い訳は通用しないな。俺の負けだ。文句なしのCランクスタートだ。キャサリン」

「了解しました。アスカさんはCランクスタートとなります」

「あのな。負け惜しみじゃないがな。今のは魔法剣という技術で、国宝指定されている剣を使わないとできない技なんだ。人目を気にせず披露しちまうと面倒に巻き込まれるから気を付けろよ？アスカ」

「あ……そうだったんですね。スミマセン、全然知らなくて。普通に斬るだけにします」

無事に冒険者となり、Cランク冒険者証を手に、教会の結界の間に転移で戻ってきた。

髪と目の色もちゃんと戻してるからね？

それから時間ぎりぎりまで時間を潰し外に出る。

魔力を注ぎ疲れた表情をする演技も忘れないよ？

それからは二日に一回、私が結界に魔力を注ぐ日は必ずC級冒険者アスカとして魔物を倒し、お小遣い稼ぎを頑張った。

十三歳になり、冒険者生活も一年を過ぎた頃に受付嬢のキャサリンさんから声が掛かった。

「アスカちゃんはBランクに上がりたいとかはないの？　実績的には十分だけど？」

「だってBランクは国外の護衛の依頼をこなさないといけないでしょ？　私にはその時間が取れないから無理なんです」

「そうだったの。残念だよね。実際実力だけなら、この王都のSランクパーティと比べても遜色《そんしょく》ないと私は思ってるんだけどね？」

「それはキャサリンさんの買い被りですよ。この辺りの魔物をチマチマ狩るのが精一杯ですから」

実際は結構な強さの魔物を退治してるけど大事になりそうだから言えないんだよね。

レッドドラゴンとか、オリハルコンゴーレム、ヒュドラ、グリフォンにマンティコアなど単体で討伐Sランク指定の魔物も私のマジックバッグの容量を圧迫している。

最近は魔力量が青天井だから、これ以上入らないほどでもないけど。

買取カウンターで出したら大騒ぎになること間違いないから、そのうちどこか違う街の冒険者ギルドで売ろうかな？

私が冒険者をして魔物や魔獣を狩るのは、魔道具を製作するための素材が欲しいからだ。

錬金釜も遺物より、私が書き込んだ最新の魔法陣の方が絶対に成功率も高くて高性能な魔道具や回復薬が作れるしね。

純ミスリルで作り、私が魔法陣を施した最新バージョンの錬金釜では、神話の秘薬と呼ばれるエリクサーでさえ調合できる。

もっと言えば結界魔法陣だって、私が書けば王都の十倍の広さの街でも守れるんだけどね。

しかも今の魔法陣みたいに魔力を注がなくても、乾電池のように魔力を貯めた魔石を魔法陣の中央に置いた釜に放り込むだけで勝手に維持してくれる。

放り込むだけでいいから聖女なんて必要ないんだよね。

でもなぁ……こんなの発表しちゃったら、それこそ私の自由はなくなりそうだし、当分は秘密にしておこう。

◇◆◇◆

十四歳のある日の事だった。

この日は、結界の当番はイスメラルダだったの。

私は、学院での授業を終えて教会でのんびりとしていた。

私たちの学院生活はそこそこ充実していて、それなりにお友達と呼べる人も何人かできたわ。

ボッチにならなくて良かったな。

閑話休題《それはさておき》、イスメラルダが結界の間に入って五時間を過ぎた頃に結界の間から叫び声が聞こえた。

私は結界の間に駆けつけたわ。

そこには、イスメラルダとフリオニール様が転がっていた。

どうやら殿下がイスメラルダを無理やり襲おうとしたみたい。

イスメラルダは怪我をしていた。

でも問題は、そこじゃなかった。

いや……そこも問題だけど……

私は駆けつけていた司教様や枢機卿《すうききょう》様の視線を気にせず、マジックバッグから回復薬を取り出してイスメラルダを治療した。

しかし……フリオニール様が転がっていたのは、魔法陣の上だった。

そして魔法陣は彼が腰に差していた剣によって傷つけられ、破損していたの。

私が見る限り、破損したのは発動には問題ない部分だけど、これ以上魔力を注いでも魔力を貯められない状態になっていた。

二十四時間後には、魔法陣の魔力は枯渇して結界は使えなくなる。

この事態が外に漏れてしまうとフリオニール様はもとより、国王陛下や王妃殿下、フリオニール様のご兄弟や、国王陛下のご兄弟に至る三親等までが処刑されてしまう。まさに国の崩壊の危機が差し迫っていた。

すぐに王宮に使いが出され、国王陛下がご自分で馬に騎乗して駆けつけた。

結界の間に入って来るなり、国王陛下はフリオニール様を激しく拳で殴りつけた。

でもそんな事したっては何一つ事態は解決しない。

私は静かに国王陛下に申し出た。

「陛下以外の全ての方を、お人払いしていただけますか？」

ほかに術《すべ》もない国王陛下は私の申し出を受け入れた。

他の人が退出すると内側から結界の間に施錠を行った。

「国王陛下。私にはこの結界を修復する力があります。しかしそのためには私の持つ全ての魔力を使い果たさねばならず、今後聖女としての活動は継続不可能でしょう。一度魔力を使い果たせば、復活するかどうかもわかりません。幸いにも今この国にはイスメラルダという優れた聖女が存在いたしますので、私が力を使えずとも問題はございません。それでも構いませんか？　聖女でなくなれば、当然王太子様の婚約者としてふさわしくありませんので、婚約も辞退させていただきます」

「アスカよ、その話は真か？　神代の遺物であるこの広域大結界を本当に修復できると言うのか？このペルセウス・ギルノア、神聖女アスカ様に一生の感謝を捧《ささ》げる。どうか結界を修復し、この国をお救いください。そして願わくは、できの悪い息子なれど、フリオニールを夫としていただけますか」

あちゃぁ……王様が目に涙浮かべて懇願してきてるのに『無理』とは言えないよ。

聖女を辞めて自由になる作戦、ちょっとミスっちゃったかな……

「国王陛下。どうぞお顔を上げてくださいませ。それでは早速結界の修復に入りますので、国王陛下も外でお待ちくださいませ」

あーあ、どうしようかな？

一番したかったのは婚約破棄だったんだけど、私から口に出しちゃうとお父様の立場的にまずいしなぁ。

修復は三分もあれば簡単にできちゃうけど、あんまり簡単にするとありがたみがないから、一時間くらいは暇を潰さないと駄目だよね。

でも、これで聖女はやらなくて済むから、もう少し冒険に時間は使えるよね。

あ、学院の女子寮って空きあるのかなぁ？　聖女じゃないのに教会にいたくない！

私は結界を修復して一時間後に疲れ果てた表情で外に出た。

私の魔力が枯渇したと証明するために、洗礼の儀式で使う水晶玉に思いっきり出力調整をして、通常の六歳児の半分程度の魔力を流し込み、聖女としては役に立てないとアピールしておいた。

こうして私は聖女の任務から逃げ出す事に成功した。

全てを押し付けられたにもかかわらず、イスメラルダは私にすごい感謝をしてくれて「私のせいで魔力を失わせてしまってごめんなさい」と涙ながらに謝ってくる。

本当にええ娘やわぁ。

フリオニール様に対しての処分なのだけど、結界に傷をつけた事実は発表できるはずもない重大事なので、即位するまでお小遣いが半額にされた以外はお咎めなしだった。

私は実家に魔力を失い、聖女でなくなったと報告した。

お父様はそれより、王太子殿下の婚約者としての立場がどうなったのかが心配だったようだ。

しかしすぐに、国王直々に「婚約関係が損なわれる事はない」とお言葉を貰ったようで、それっきり私に連絡はしてこなかった。

一応、実の父なんだけど、ちょっと残念すぎる人だよね……

そして、聖女でなくなった私は学院の女子寮に移り住み、他の同級生たちと同じように長期休暇を楽しめる立場になった。

ただ……魔力をなくした事になっている私は、それまでの魔法科特別クラスから、作法科へとクラスが変えられた。

こっちのクラスはお勉強も何もかもすごくレベルが低い。

唯一魔法科に勝ってる部分があるとするなら、お化粧のテクニックくらいかな？

この学校は全寮制なので、聖女だった私とイスメラルダ以外の生徒は学校の敷地内にある寮に住んでいる。

当然女子寮ではすっぴんの同級生の顔を見かけるけれど、同じクラスの子でも原形が全くわからないほどに変身している子ばかり。魔法よりこっちの方がよっぽどミラクルだよ！

そして待ちに待った長期休暇！　私は実家に戻らずに、まっすぐ冒険者ギルドにCランク冒険者アスカとして出向き、Bランク昇級のための依頼を受ける事にした。

「アスカちゃん、やっと受けてもらえるのね。待ってたよぉ」

あれ？　Bランクって私が得しても、キャサリンさんが喜ぶような事って特段ないはずだよね？

この長期休暇の期間を利用して、隣の帝国までの護衛依頼をこなし、Bランクへの昇格条件を満たした。

この昇級試験は……試験を受ける冒険者の覚悟を見るために、殺人もいとわない状況下に作為的に立たせられる。

試験内容は、ギルドの指定したルートを通って物品を運ぶというものだ。

指定されたルートには、盗賊団が存在している。

さらに冒険者がすごく価値のある商品を輸送中であるという情報が意図的に漏らされていて、どうぞ襲ってくださいと言わんばかりなんだよね。

もちろん、陰で高ランクパーティが様子を窺っていて、受験者だけで切り抜けるのは無理だと思えば助けに入ってくれるようにはなっていたらしいけど。

試験を受けるメンバーはそんな事を知らない。

元聖女アスカ・キサラギではないが、Cランク冒険者として登録しているので水魔法だけは遠慮なく使える。

襲ってきた方々は綺麗に退治して差し上げた。

あまりにも平然とやってしまったから、一緒にいた仲間からはちょっと引かれちゃったけどね。

そんなこんなで、私は無事にBランク冒険者となった。

キャサリンさんが私がBランク冒険者になるのを喜んだ理由は、街に災厄をもたらす魔物が現れた時、呼び出しに応じる義務が生じるからだって。

以前の私なら、教会住まいで泊まりがけの依頼なんて受けられなかったけど、今の私なら時間は自由になるから問題ない。

Aランク以上に上がりたいなら、複数人で行うレイドと呼ばれる大規模討伐で目立つ活躍をして推薦される事が必要なんだって。

あんまり目立ちたくはないな。


学院生活は十四歳までだから、年が明けるとすぐに終わりを迎えてしまう。

最近、私と同じクラスのマリアンヌという子がやたらなれなれしく話しかけて来る。

「ねぇ、アスカって見た目そんなに地味なのに、王太子殿下の婚約者なんでしょ？　後学のために聞かせてよ。王太子殿下ってどんな事に興味を持ってて、どんな服装が好きなの？」

「えーとね、フリオニール様が好きなのは、派手派手でエロエロオーラが全開な女性だと思うよ？」

「そうなんだぁ、それなら私なんてピッタリじゃない」

そこで尻軽をカミングアウトされても困るんだけどな。

まぁ、まるっきり嘘ではないしね。

ちなみにイスメラルダは第二夫人として嫁ぐ予定だったんだけど、結界の間の事件後、婚約は解消されたみたい。

イスメラルダは元々公爵家だし、嫌な場所に無理に行く必要もないからね！　羨ましいなぁ。

◇　◆　◇　◆

ある日の夜更けの事だった。

Bランク冒険者になると渡される、冒険者ギルドからの連絡を伝える念話装置に連絡が入った。

『レイド案件発生。至急集合されたし』

私は呼び出しに応じ、すぐに冒険者の姿になってギルドへ転移で移動した。

すでに五十名ほどの冒険者が集まっていた。

「お、売り出し中のアスカ嬢ちゃんも参戦かい？　間近で見るのは初めてだが期待してるぞ！」

「私なんて大して役に立たないですから。先輩方の戦いを勉強させていただきますね」

そんな受け答えをしていると、ギルドマスターが深刻な表情で入って来た。

「みんな夜分に召集かけてしまってスマンな。今回の対象はちっとばかし手強い。はっきり言ってこのメンバーでも無理かもしれないレベルだ」

冒険者たちからため息が漏れた。

「それでも招集をかけたって事は、緊急を要するんだろ？　構わないからサッサと言えよ」

「この王都から北へ三キロメートルしか離れていない場所にエンシェントドラゴンゾンビが現れた。

危険度はSSS、災厄級だ。現在王都に向かってゆっくりと近づいている。恐らくこの王都の結界ですら一時間も持たんだろう。すでに王宮には連絡をして、王都民の避難誘導を要請してある。Cランク以下の冒険者に関しても、安全な場所への避難を援護するために、ギルド職員総出で連絡を急いでいる」

結構衝撃的な案件だよね。

さぁどうするのかな？　Bランク冒険者アスカとしては先輩方のお手並み拝見といきたいけど、果たしてそれで何とかなるんだろうか……。

万が一の事を考えて、究極神聖魔法陣《アルティメットホーリーサークル》の札を五枚ほど用意して、重ねがけで発動できるようにしておこう。

ギルドマスターが話を続ける。

「今回の作戦の全体指揮は、ギルノア王国の英雄であり、大陸で唯一のZランク冒険者、ガイアスに頼む。ガイアスのパーティメンバーであるX級ランクの剣聖ブリック、賢者パトリオット、大魔導士ソニアの四人の指示に従って王都を守ってくれ」

「「「「おお！」」」」

へぇ、Zランクって居たんだねぇ。どれだけすごい実力なんだろう？

でも、あのガイアスさんって仮面を付けているけど、どこかで会った気がする。どこだったかなぁ？

王都の聖教会でもイスメラルダをはじめとして、聖職者が総出で結界の張り直しのために控えている。

元聖女である現王妃も教会で控えているそうだ。

招集されたBランク以上の冒険者が街の外で待ち構える中を、骨だけの巨大なドラゴンがゆったりと飛んで来た。

骨しかないのにどうやって飛んでるんだろう？　かなり不思議だ。

全長は優に百メートルを超えている。

ガイアスの指揮の下、一斉に聖属性と光属性、火属性の三種の攻撃魔法が放たれる。

ガイアスが文字通り空中を走り、伝説の聖剣デュランダルを振りかぶる。

デュランダルはドラゴンゾンビの頭部に吸い込まれたが、敵はそのまま何事もなかったように口を開くと大きなエネルギーの塊を口いっぱいに光らせた。

ガイアスはデュランダルの柄から手を放さず、ドラゴンに振り回されて旗のように揺らめいている。

頭部にガイアスが居る状態では、魔法部隊の追加攻撃もできない。

万事休す？　かな。

次の瞬間、口を広げたドラゴンゾンビからエネルギーの塊が勢い良く放たれ、一撃で王都の結界は消し飛んだ。

ドラゴンゾンビが王都のど真ん中、王城前の広場に着陸し、ゆっくりと歩き始めた。

あの方向は、教会か……

ガイアスがようやく剣から手を放し、地面に降りてくる。

今度は頭部に突き刺さっているデュランダルに向けて全力の魔法攻撃を指示して来た。

うん、作戦としては悪くないんだけど、どうかな？

王都の人々は、避難誘導に従って次々に街から逃げ出している。

追撃された場合の被害を最小限に抑えるため、放射状にばらばらな方向へ誘導されているのが見えた。

目立つわけにはいかないからちょっと魔法で姿を変えよう。

せっかくだからグラマラスな女性をイメージした。

そして優雅にガイアスさんの側《そば》へ行く。

「ガイアスさん。次の攻撃で止めを刺せなかった場合、あのエンシェントドラゴンゾンビはまっすぐに教会にある結界魔法陣を破壊しに行きます。そうなった場合、王都は二度と立ち直れない廃墟になります。それでは困りますよね？」

そして私は確信を持って、仮面の男ガイアスの正体を告げた。

「国王陛下」

そう。仮面の下の素顔は、ペルセウス・ギルノア国王陛下その人だった。

「美しい方。貴女の姿も私は見た事がありますよ？　確かキサラギ侯爵の第三夫人アマンダさんだったかな。おかしいですね、四年ほど前にお亡くなりのはずだが。それと、私はペルセウスではなくガイアスです。双子の弟のね」

何だか少しおかしくなって、不謹慎にも笑ってしまったわ。

「いいわ、それで。ガイアスさん、後は私に任せて。全力でほかの冒険者や王都の住民を避難させてください。少なくともドラゴンから五百メートル以上は離れてくださいね？」

「何をされるのですか？」

「乙女の秘密ですわ。詮索は野暮ですわよ」

「わかりました……よろしく頼むよ、アスカ」

私の正体も、魔力があることもすっかりバレテエラ……

ガイアスが周りの人間を引き連れ、十分な距離を取ったのを確認する。

私は究極神聖魔法陣《アルティメットホーリーサークル》の魔法陣を五枚重ねにして、一気に魔力を流し込んだ。

その瞬間、真っ白で暖かな光が半径二百メートルの円形に広がった。

光の先端は全く見えないほどに宇宙《そら》まで高く高く伸びる。

光が消えた後、ドラゴンがいた場所には直径一メートルにも及ぶ真っ赤な魔石だけが残り、その魔石には聖剣デュランダルが深々と突き刺さっていた。

私は姿を消して再びBランク以上の冒険者が集まっている場所に合流し、元の姿に戻って紛れ込む。

「あれ？　お嬢、ずっとそこに居たか？」

「はい。皆さんの活躍をこの目に焼き付けていました」

「はっ、俺たちは別に何もやってないぞ？」

「街を守りたいという気持ちを見せていただいただけで、とても感動しましたよ」

「そっか？　そう見えたなら嬉しいぜ」

そんな会話をしているとガイアスがこっちをじっと見ていることに気付いた。

なぜか私にウインクして来た。

絶対あの親父、ストーカーの素質あるよね……

さぁ、来週はいよいよデビュタントだな。

気乗りはしないけど、キサラギ家が公爵家になるためには仕方がないのかな……

あぁ、やだなぁ……


エンシェントドラゴンゾンビの襲撃から五日後、今日は私の社交界デビュー。

自由な生活も、フリオニール様と結婚することで終わりなんだろうな……

国王陛下も私がフリオニール様と結婚し、お世継ぎを産むのを心の底から望まれてるし、いまさら断れないよね……

いろいろな秘密を気付かれちゃってるし、しょうがないかな……

私がパーティ会場に立ち、婚約者であるフリオニール様のもとへと歩き始めた、その時だった。

「アスカ。私は真実の愛を見つけた。悪いが君との婚約は解消させてもらう」

はっ？　マジで？　クッソ嬉しいんですけど？　この世界に転生してきて今日という日が一番幸せな日となった。

頭を抱える国王陛下や、その場に崩れ落ちるお父様の姿はあったけど、私、自分で断ったりしてないからね？

フリオニール様が真実の愛を見つけたんなら、そりゃぁしょうがないんだからね？

「フリオニール様。畏まりました。どうぞお幸せに」

その言葉を残し、悲劇のヒロインよろしく、涙を押さえるような仕草をしながら、パーティ会場を後にした。

私は盛大に叫んだよ。

「ビバ！　異世界!!」

◇◆◇◆

そして私は自由を手に入れ、王宮を出て歩いたところで、国王、ペルセウス・ギルノア陛下に呼び止められたというわけ。

「アスカはどうするのだ。家を出るのであろう？　まさかこの国からも出て行くのか」

「国王陛下。そこは少しご相談が……」

「どんな相談だ？　アスカの相談なら大抵は聞きいれるぞ？　既に二度もこの国の危機を救ってもらっているのだからな」

「え？　聖女としての魔力を失った件はご存じでしょうが、他は心当たりがございませんけど？」

「まだ言うのか……」

「知らない方が良い事はたくさんございますから。それでご相談なのですが、この国に人も住んでおらず開発の予定もない領地はございますか？　できる限り王都からも離れてる方が良いです」

「ふむ、辺境と呼ばれる地域はほとんどが合致するぞ」

「ではその中でも、一番手に負えないと思われる土地を譲っていただけませんか？」

「そんな土地で何をするのだ？」

「今はまだ何も考えておりませんが、スローライフを楽しみたいと思っております」

「スローライフ？　何だそれは？」

「そのままですよ？　ゆっくりした人生ですね」

「ふむわかった。早速準備しよう。広さはどれくらいが良いのだ？　辺境伯領くらいで良いか？」

「え？　私一人で辺境伯領と同じ広さとか耕せないですから……」

「アスカには勝手に人が集まってくる未来が見える。そうだな、他領からのちょっかいを出されても面倒だろうから、私から爵位を与えておこう。特別な爵位で義務はないが権利は行使できるものだ。他国やこの国の貴族から何かを言われた時だけ見せればよい」

「いいんですかそんなので？」

「どうせ何も予定のない土地だ。アスカが居てくれるなら他国からの侵攻も防げるだろうしな。陞《しょう》爵《しゃく》する爵位は女元爵《にょげんしゃく》、国防を司る元帥《げんすい》と同じ立場を有し、国難の対応においては、公爵家にも指揮権を発動できる。要は俺と同じ立場を保障するという事だ」

「そんなの貰っても恐らく使わないと思いますけど？」

「使わずに済めばそれに越した事はない。アスカに用がある時、連絡を取る方法はあるのか？」

「冒険者ギルドのBランク冒険者のアスカに指名依頼でも出していただければ連絡は付きます」

「まぁ、それで良いか。明日、土地の目録と爵位を証明する懐剣を用意しておこう。王宮に来たら宰相に用件を言えば伝わるようにしておく」

「パトリオット宰相ですか？」

「この間ドラゴンゾンビの時に来ておったであろう。『賢者パトリオット』、あやつがそうだ」

「え？　それじゃ剣聖様と、大魔導士様は？」

「王都防衛軍の元帥《げんすい》とその嫁だな」

「私をご存じなんですか？」

「別に何も言ってはおらぬが、勘の鋭い連中だから、どうだろうな？」

何だか私が思っていたよりも、随分良い条件だったので私からもお礼を差し上げる事にしよう。

「国王陛下？　王都は広げる予定とかないんですか？」

「結界の問題があるからな……まさか、新しい魔法陣を書けるのか？」

「土地や爵位など過分なほどいただけましたから、サービスで書きますよ？　一応今の結界はそのままにしておいて王宮の地下にでも新たな広域大結界を書くのが良いと思います。維持は魔石を魔法陣中央の錬金釜の中に放り込むだけですから、聖女いらずですし」

「素晴らしい。それは時間がかかるのか？」

「いえ私が書いた物を持ってるので。四坪ほどの地下室を用意していただければ、それで十分ですよ。重要なのは、どこにその魔法陣が存在するのか知る者を出来る限り少なくするくらいですね」

「どれくらいの範囲が有効なのだ？」

「現在が半径三キロメートルほどの結界ですから。半径十キロメートルの結界魔法陣を用意しましょう」

「すごいな……しかし民や他の貴族たちに何と発表するのが良いかな？　まさかアスカが描いたとは発表できぬし」

「歴代最高の魔力を誇るイスメラルダの魔力の質で、結界が成長したとでも言えばよろしいかと」

「ふむ……本当にうちの馬鹿息子の首を切り落としてアスカを養女に迎えたいな」

「フリオニール様は十二人兄弟だと伺いましたけど？」

「ああ……まぁそうだが」

「お盛んですね、そんな所はフリオニール様も良く似ておいでですよ？」

「……」

私の理想郷《ユートピア》も手に入りそうだし、これからの人生、まさにバラ色だよね！

第二章　領地の開拓と新しい仲間たち

フリオニール様から婚約破棄を告げられた翌日に、王宮で慰謝料を受け取った帰り道で、私は国王陛下に待ち伏せされて、この国の辺境の土地を譲っていただく話を取り付けた。

もっと小規模にこっそり始めるつもりだったけど、貰えるんなら貰っちゃった方がいいよね？

とりあえず今日は別にやる事もないし、冒険者ギルドにでも行ってみよう。

あ……フリオニール様への謁見の帰りだったから、ドレス姿だった。

駄目じゃん。

周りに人の居ない事を確認し、魔法陣魔法で冒険者アスカの姿へと変身して、冒険者ギルドへ向かった。

「アスカちゃん、エンシェントドラゴンゾンビのレイド招集の時はありがとうね」

受付のキャサリンさんに声を掛けられた。

「当然の事をしただけですから」

そう返事をしたんだけど……

「それでね、その時に参加していたZランクのガイアス様とXランクのソニア様から、Aランク昇格の推薦が出ているの。アスカちゃんの実力は訓練教官のスタンフォードさんからもお墨付きを貰っているし、問題はないので今日からAランクへ昇格となります」

「あの、推薦って私、ソニアさんとは一言も喋ってないんですけど？」

「そうなの？　きっと動きを見てくれてたんじゃないかな？」

「まぁ上げてくれるって言うんなら別にそれでいいんですけど……」

こうして私はAランク冒険者になった。

「Aランクになると、国外のレイドからも指名が掛かる事があるわ。その際は各国のギルド本部に設置してある転移魔法陣を使用するけど、この魔法陣は存在自体をAランク以上の方にしか伝えていないの。口外は控えてね」

「わかりました」

へぇ……錬金釜と結界以外の魔法陣の存在は初めて聞いたな。

でも、ダンジョンで拾得するアイテムの魔道具には、必ず魔法陣が見えないように刻み込んであるから、昔は結構メジャーな技術だったんだろうね？

日本語で書いてあるし、この世界の古代文明は日本からの転生、もしくは転移者が絡んでいるのは間違いないんだよね。

しかも、古代文明の遺物には、けっこう平成や令和の時代じゃないと広まってなかったような、横文字の単語が使われている。

転生者はいつ来たんだろうと不思議に思いながらもキャサリンさんに話し掛ける。

「買取をお願いしたいんですけど」

「では買取カウンターにお願いします」

「少しお金が多めに必要なので、たくさん出しても構いませんか？」

「たくさん？」

「はい、……いつもよりちょっとだけ」

「どのくらいの量かな？」

「えーと、この部屋いっぱいくらいはありますけど」

「……アスカちゃん、そんな量が入るマジックバッグを持っているの？」

「ん？　そうですね」

「ちなみにそのマジックバッグはお譲りいただく事は？」

「今はこれしかないから無理ですけど、また出たら考えますね」

「そうですか……そのバッグが出たダンジョンを教えてもらえる？」

「あ、あれどこだったかな？　よく覚えてないです」

「そうなの……思い出せたら教えて。ダンジョンなら同種の魔道具が出やすいから……」

「はい、思い出したら、教えます」

ダンジョンなんて入った事ないからどこにあるかも知らないし、困ったな。

今度地図買って調べとかなきゃ。

「量が多いようなので、今日の買取は解体場でお願いするね。解体の職人さんがこれ以上は無理、と言うまでは出していいよ」

「わかりました」

領地の開発にいろいろ買わなきゃいけないし、高く売れそうな物から出そう。

とりあえずユニコーンとグリフォンを出したら、その時点で解体の人が固まった。キャサリンさんも顎が外れそうなほど口を開けて私をガン見する。

「えっと、まだ大丈夫ですよね？」

「あのね、アスカちゃん。ユニコーンはAランクだからまだ良いけど、グリフォンはレイド指定の魔物だって知っているよね？」

「知っていますけど、出て来ちゃったからしょうがなく倒しました」

「………そうなのね。まぁ良いわ」

ほかにもオークや、グレイトボアなどの大型の魔物を中心に二十体ほど出したところで、解体の職人さんからストップが出ちゃった。

「アスカ嬢ちゃん、まだあるのか？　ざっとでいいから、どれくらいあるか教えてもらえるか？」

「この二十倍くらいかな？」

「そ、そうか。キャサリン、ギルドから冒険者に解体助手の依頼出してくれ、十人ほどだ。アスカ嬢ちゃん、悪いが、残りは人が集まってからでいいか？　冒険者の連中もこんな高ランクの魔物をギルド内の安全な環境で解体できるなんて滅多にない機会だから、経験を積ませてやりたいんだ」

「あ、そういう事なら全然構わないです。私は解体なんて絶対覚えられないですから、お願いします」

そう伝え、報酬は明日貰う事にして一度宿に向かった。

まだ王都での定住場所を決めてなかったので、キャサリンさんから女性一人でも安心して泊まれる宿を教えてもらったのだ。

『冒険者の宿　バラの誓い』という物々しい名前の宿だったけど、入り口を見ただけでもとても清潔そうだ。ここを紹介してもらって良かったよね！　と思いながら中に入った。

フロントカウンターに行くと、ばっちり濃いめの化粧を決めた……ムキムキマッチョな漢女《おねえさま》が、乙女チックなフリフリドレスで出てきた。

私は一瞬固まったけど、気を強く持って宿泊の依頼をした。

「ギルドのキャサリンさんの紹介で来ました。女性一人でも安心して泊まれる宿ならここが一番お薦めと言われて……」

「あら、可愛いお嬢ちゃんね。私はここのオーナーのカトリーヌよ。そーなのよぉ、ここはお嬢ちゃんのような娘さんが安心して泊まれるように、ポエムとメルヘンに溢れた素敵なお部屋を責任もってプロデュースしてるから、安心して泊まってちょうだいね。男どもに何かされたら私に言って。そいつを一晩掛けて調教してあげるから、後の心配もいらないわよ」

「よ、よろしくお願いします……料金は前払いでしょうか？」

「前払いで素泊まり四千ゴル、二食付きで七千ゴルよ。お風呂は一階に大浴場があるわ。男女はちゃんと分かれているから安心してちょうだい。食事は、朝は六時から九時の間、夜は十七時から二十二時の間ならいつでも自由に食べられるわ。基本はセルフサービスのバイキングよ」

「はい、二食付きでお願いします」

そう言って七千ゴルを支払った。

「二階の一番奥のお部屋、部屋名は『愛の園』よ」

カトリーヌさんはそう言って私に鍵を渡した。

階段を上がって行くと、後ろから「ごゆっくりお寛ぎください」と声が掛かる。

うーん。

とても清潔な宿だし、料金も良心的だし、接客も丁寧なんだけど、いろいろ濃ゆいよね……

◇　◆　◇　◆

翌朝、冒険者ギルドに立ち寄り、昨日納品した魔物の売却代金を受け取った。

売却代金の総額はグリフォンが含まれていたために、五千万ゴルにも及んだ。

「アスカちゃん、すごいお金持ちになっちゃったね。お友達になりたいよ」

キャサリンさんにそう言われたけど、この程度の金額ではきっと領地の開発ですぐ使い切っちゃうんだろうね。

「そう言えばキャサリンさん。解体の依頼で人は集まったんですか？」

「うん。十二人も来てくれたから今日は捗《はかど》りそうだよ」

「それなら今日もいっぱい納品しても良いですか？」

許可をもらったので、また昨日の解体場で大量の魔物を出した。

「売却代金は次に来た時にお願いしますね」

そう伝えると、私は王宮へと向かった。

姿は冒険者ではない、元聖女のアスカの姿だ。

王宮の門の衛兵詰め所で宰相への面会を申し入れると、すでに話は伝わっていたようで、すぐに王宮内部に案内された。

「アスカ、良く来たな。今日は冒険者の姿ではないのか？」

「あの……一応、私と冒険者アスカは別人なので、そんな感じでお願いします」

「そうなのか？　わしから見れば、全く同じ人物に見えるぞ」

「それは……どういう見方をすればそうなるのか教えていただけますか？」

「わしらが冒険者として活動しておった時に、姿をごまかす敵などいくらでもおったからな。その人物が出すオーラを感じ取って判断するんじゃ。オーラは人それぞれ固有でな、どんなに変装しようと、見た目だけではごまかせぬ」

「そうなんですね。それは誰でも感知できる訳じゃないですよね？」

「そうだな。闇属性の特性を持たぬと見えぬな」

「勉強になりました。宰相に見破られない変装技術を身に付ける事を目標に、精進しますね」

「アスカは聖女としての力は失っておらぬのであろう？　先日のエンシェントドラゴンゾンビを葬《ほうむ》り去った魔法は、どうやって発動したのだ？」

「あれは、使い捨ての魔法陣魔法を重ねがけしました」

「ちょっと待て。アスカ……お前、魔法陣が書けるのか？」

「え？　国王陛下から何もお聞きでなかったのですか」

「うむ、奴は何も喋らん」

しまった……また墓穴だよ……

「そのあたりは内密でお願いします」

「まぁ良かろう。アスカに与える領地は、北の山脈沿いに広がる隣国の聖教国領と接しておる。しかし、雪深い山脈に阻まれ、交易路はアスカの領土を通っていない。広さは東西に二十キロメートル、南北に五キロメートルほどの領地になるが、西の一端は海に面しておる。領土の九割が森林区域で魔物の発生が非常に多く、魔物のランクも高いために危険な土地だ。決して住みよい土地ではないが、構わぬか？」

「十分でございます。隣接する土地に領主は存在するのですか？」

「そうだな、西側はウエストエッジ辺境伯の領土が一部接しているが、南側はノードン川を挟んで深い森林で、国の直轄地だ。東端も森になっておる。どちらも領地にすると開発をせねばならぬから誰も希望しないし、結界がないので街も興《おこ》せぬ」

「聖教国へ抜ける交易路までの距離はどうでしょう」

「アスカの領土の東端からさらに一キロメートル程東になるな。山を縫うような形で続いておる」

「わかりました。ありがとうございます」

「詳しい地図を渡しておくのでよく確認をしてくれ。それともう一つが、この懐剣《かいけん》だ。元爵として王国軍の指揮権を発動する事ができる証であるから、なくさぬようにな」

「ひとつ確認しておきたいのですが、私の領地が侵略を受けた場合の対処は、どうすれば良いのでしょうか？」

「国外の勢力であれば、当然殲滅《せんめつ》してもらわねば困るが、攻め込まれた事は過去一度もない土地だ。聖教国自体が侵略戦争の放棄を掲げておるからな。国内勢力からの侵攻であれば、王都に確認を取ってほしいが、場所が場所故にまず連絡は間に合わぬだろう。その場合の対処はアスカに任せる。その結果により王都から指示が出るかもしれん」

「わかりました。説明を頂き、ありがとうございます。それでは、私は早速入領したいのですが、租税はどれほどになるのでしょうか？」

「あー、その点は、むしろ国境守備軍を置くための経費を本来なら国が負担すべき土地だから気にするな。アスカが豊かな街にできると言うならその時になって考えればよい」

「ありがとうございます」

王宮を出ると再び冒険者の姿に戻って、馬を一頭買い、騎乗して王都が見えない位置まで進んだ。

一度も行った事のない土地には転移できないから不便だよね。

馬にヒールと身体強化の魔法陣魔法を張り付ける。

これで時速六十キロメートル程度の速度で移動可能となった。再び馬の背中にまたがり、出発する。

鞍と鐙《あぶみ》が付けてあっても股ずれがひどくて大変だったよ。

ポーション飲みながら頑張ったけどね！

それから数時間後、私はたった一人で、広大な面積の辺境の領地に着いた。

実際、転移魔法が使える私は、一度来てしまえば簡単に王都に戻れるんだけどね！

「さぁアスカ！　ここに理想郷《ユートピア》を作るよ」

自分に気合を入れるために大声で叫んでみた。

最初に必要なのはやっぱり住む家だよね。

どこにしようかな？

少しでも人との関わり合いを求めるなら、西側の辺境伯領と接する場所にするしかないんだけど、それだと勝手に人が入り込む心配はあるよね。

まぁ……今まで領主がいて管理していた土地じゃないし、北側の国境線を定期的に国の国境守備軍が巡回するだけだし、西側でいいかな？

領地の南の境界線は、川幅五百メートル以上あるノードン川が東から西に向かって流れていて領土の境界線はわかりやすいね。

領地の中には橋が一本も架かってないから、勝手に渡って来るのは川で漁をする漁師さんくらいだろう。

東方向に関しては、領地は森の切れ目から百メートルほどまでだ。北の聖教国へ続く街道沿いに若干の集落があるけど、結界があるわけじゃない。住むのは命懸けだよね。

当然街道を通す時に、一番敵の種類が弱くて盗賊が発生しにくい、見通しの良い場所を選定しているだろうから、極端に危険でもないはずだ。

北側は高い山脈になっていて、国境線は山の頂上になっている。

山の北側はグレン聖教国。

聖教国には貴族制度はなく、中央にある大教会から役人が派遣されて統治を行っていると習った。

冒険者アスカとして、グレン聖教国も探索し、雰囲気のいい街があれば、山脈にトンネルでも掘って繋げちゃうのもありかもね！

ノードン川のお陰で水不足にはなりそうにないし、木材や魔物素材はほぼ無制限に手に入るし、私の魔法で開発すれば意外に簡単に開発できるかも。

自分の領地を効率よく見て回るために、空が飛べたらいいなぁ。

そう考えた私は、その手段を得るために王都に一度戻る事にした。


冒険者ギルドに行ってキャサリンさんに頼む。

「竜騎士の事を調べたいんですが、いい資料はありますか？」

竜騎士は、ワイバーンや飛竜をテイミングして自由に空を飛べる人だ。

この世界では、ゲームのようなきちんとした職業はなく、そういう技術や能力を持った人に、称号のように能力名をつけて呼ぶ。

宰相が賢者と呼ばれていたのがそうだね。

私が神聖女だった時も、別に聖女の称号を持ってるっていうわけじゃないからね？

王都の教会で結界に魔力を注ぐ役目を担《にな》う人が、聖女と呼ばれていただけだ。

キャサリンさんは私の要望に応え、ギルドの図書室から竜騎士関係の本を用意してくれた。

「現在この国では冒険者で竜騎士をしている方はいらっしゃいません。王都の近衛騎士隊に、竜騎士隊『レッドインパルス』が存在しているだけですね」

「そうなんですね。ありがとうございます」

礼を言って本を手に、ギルドの食堂に座って読み始めた。

竜騎士になるにはワイバーンか飛竜をテイムする必要がある。

テイムというスキルがあるわけじゃなくて、闇魔法の隷属《れいぞく》術という魔法を習得する必要がある。

この魔法を覚えている人はほとんど奴隷商人だ。

そもそも闇魔法自体が希少属性なので、使える人がほぼいないらしいけどね。

ワイバーンは生息地域に行って捕まえるのだけど、王都のレッドインパルスの隊員たちは、ワイバーンを卵から孵《かえ》し、少しずつ信頼関係を築いて、騎乗できるようにしているんだって。

気の長い話だよね。

それならもう少し知能レベルの高い竜種に、対話と交渉で乗せてもらえるようにした方が早そうだな。

もしくは異世界の浪漫として飛空船を開発してしまおうか。

自分の領内で使う分には、それが一番現実的かもしれない。

私は大抵のことは魔法陣魔法で、できちゃうんだけど、基になる物を作る能力はないんだよね。

例えば土魔法で地面を掘ったり整地したりはできても、家を建てるのはできない。買って来た刀に能力を付与できても刀を打てないから、基になる物は買ってこないといけないんだよね。

でも、容量の激しく大きいマジックバッグはあるから、家や船を買ってそのまま基礎の土台ごとその中に入れて移設する事は可能だ。

十分にチートだよね！

辺境まで大工さんを呼ぶ必要がないから便利!!

私が空を飛ぶ方法は、飛空船にしよう！

やっぱり、いくら魔獣や動物でも、隷属《れいぞく》契約ってなんか正義な感じがしないしね。

そのうち知能の高い魔獣と友達になれる機会もあるかもしれないから、それまではチート全開の魔導飛空船にしよう。

クルーザーみたいな内装のしっかりした船を選べば、一人暮らしの私の家も兼用にできちゃうしね！

でも……船ってどこで買うんだろ？

わからない事は聞くべきって思って竜騎士の本をキャサリンさんに返す。それから冒険者ギルドの隣に建っている商業ギルドへ向かった。

受付で船の売買について聞くと「中で寝泊まりできるような大きな船は港街にしかない」と当たり前の事を教えてもらった。王都から川沿いに下った場所にある港街へ向かう。

私は王都から川を下り、海辺の街まで運んでくれる船に乗っている。

これは底の浅い川を下る用途の船だから、部屋はなく私が望む形ではない。

川を下りながら王都の領土を眺め、自分の領地をどんな風に開発していくかを考えてみた。

やはり街づくりに必須なのはインフラ整備だよね。

家や畑をただ作っても、上下水道が整備されていなかったら臭いに耐えられない街になるだろうし、領地の南を流れる大河が氾濫でもすれば、整備した物が全て流されて無駄になっちゃう。

それに加えて魔獣が存在するから、やるべき事はたくさんあるよね。

私だけの広大な領地だから、プールみたいに広い温泉とか作っちゃいたいな。

楽しみだよ！

港街ポートルカに到着した私は、早速この街の商業ギルドを訪ねた。

中古のクルーザーのようなベッドルームとシャワールーム、トイレにキッチンの設備がある船を紹介してもらう。

値段は古い物で二千万ゴル、比較的新しい物だと一億ゴルを超える。

私は魔法で綺麗にできるから、サイズを重視して全長十二メートル、横幅四メートルほどのクルーザーヨットを購入した。

三千五百万ゴルだった。

エンジンのある世界ではないので、駆動はオールかマストに張った帆によるんだけど、ガレー船のような感じで、オールで漕ぐなら最低六人は漕ぎ手が必要になるよ。

お金を払ってさっさとマジックバッグに仕舞い込むと、転移魔法で自分の領地へと戻った。

今は魔法陣魔法を使って一度でも発動した魔法は、次から魔法陣なしでも発動できるのでとても便利。

今回私が作ろうとしている魔導飛空船、これこそ魔法陣魔法とは最高に相性のいい魔道具だ。

船の床にミスリル銀を鋳熔《いと》かして、Aランク以上の魔獣の血を混ぜ合わせた特殊なルビー色のインクで魔法陣を書き込んでいく。

当然日本語だよ。

空中浮遊
姿勢制御
方向変換
結界
速度調整
船体強化

それぞれの機能と、注ぎ込む魔力の出力も綿密に計算して書き込む。

今回の飛空船の駆動方式として採用したのは重力魔法による制御だよ。

機体の浮遊はもちろん、前進や後退、左右への移動も、全部進行方向に向かって落ちるイメージで制御してある。

だから、本当は船首を進行方向に向けなくてもそのまま移動できるんだけど、そこは様式美、できるだけ船首を向けて進行するようにしている。

そして試運転をして微調整。

魔法陣の中央部分には魔力を抽出するためのミスリル製錬金釜。

浄化魔法と修繕魔法で新品同様に綺麗になった船は、外回りを高速飛行にも耐えられるようにミスリルとオリハルコンで補強した。

空を飛ぶには邪魔にしかならないメインマストと帆は取り去ったけど、胴体横の六連オールは、何となく雰囲気があるからそのまま残した。

操舵席はできるだけシンプルにして、見晴しの良さを確保したよ。

さぁいよいよ処女航海《メイデンボヤージュ》だ！

百メートルほどの高さまで、ゆっくりと浮き上がる。

姿勢制御は完璧かな？

そして、静かに前方へと進み始めた。

自分の領地の上空を飛びながらじっくりと眺める。

見事に森ばっかりだよね。

でも開発のイメージはどんどん膨らむ。

最初にするべきは、ノードン川の堤防工事かな？

川沿い二十キロメートルにわたる範囲を二百メートル幅で木を伐採し、ひらけた土地を作った。

伐採した木は当然街づくりに必要なので、枝や葉を取り払って乾燥させているよ！

次は堤防作りだ。大量の土砂が必要だから、北の山脈に聖教国方面に抜ける大きめのトンネルを掘り進めながら、出て来る土砂を利用した。

日本の大型河川を参考にして川の流れからさらに百五十メートルほどの川幅の余裕を取ったので、少々の増水では決壊しないだろう。

そして作り上げた堤防には、南側の山で見つけた桜の木を五十メートルおきに植えていく。

春が楽しみだね。

ここまで仕上げるのに二か月ほどかかっちゃったけど、それでも魔法で行う工事は現代日本で重機を使って行う工事よりも断然早いよね。

しかも私一人でやってるし！

北の聖教国方面に向けて掘っているトンネルは、聖教国側まで残り二十メートルの辺りで止めた。いきなりトンネルができたら、絶対びっくりするからね。

食事は王都に転移してカトリーヌさんの宿で食べる事が多い。急ぐ必要もなくて、毎日がとても充実している。

私の領地は現状では魔獣の楽園っていうか、並大抵の冒険者じゃとても暮らしていけない土地だから、少しずつ開発していこう。

「キャサリンさん。また買取お願いします」

「アスカちゃん、今日はどれくらい持って来たのかな？」

「えーと……ちょっと多いかな？」

「わかったわ。いつも通りに解体所に直接出してもらってもいいかしら？」

こんな感じで、魔物の納品だけでも一月《ひとつき》で一億ゴルほどの売上は確保してるよ。

そろそろ街づくりも始めようかな？

◇◆◇◆

堤防が完成すると、次に私が手を付けたのは領地の西側に面した海岸沿いの土地だ。

海岸線には幅三百メートルほど砂浜を残し、松の木を十メートル置きに植樹して防風と防砂を担《にな》う。

東側はどうしよう……

ノードン川が境界になっているのでわかりやすいんだけど、河を挟んだ対岸には小さな村がある。

いきなり川の反対側が整備されて、高い堤防が作られ、桜の木の植樹がされている様子を見て、村の人はどう思ってるのかな？

この村の人たちは私が飛空船で上空を飛んでる姿も見ているだろうけど、領空侵犯はしていないし問題ないよね？

私は海岸の北側で、最初の拠点となる土地の整備をした。

まずは広めの土地が必要だし、森林を三キロメートル四方に伐採して平坦な土地を作り上げる。風属性の魔法で木を伐《き》り、土属性の魔法で土地をならして、根っこや雑草は一か所に集めて火属性の魔法で燃やす。

灰は畑を作るようになれば使い道があるしね！

もちろん伐採した木は街づくりに有効活用するから、枝葉を処理して乾燥させておくよ！

森林にはたくさんの魔獣が住んでいて狩りもしながらの作業で結構大変だった。

また王都のギルドで、大量に解体の依頼を出さなきゃね！

多すぎる木材も、王都の材木商に売ろう。

私が王都の結界を広げた結果、未曽有《みぞう》の建築ラッシュになっているらしい。材木価格が高騰して、私の懐はとっても潤っちゃったよ！

こうして広げた領地と建設予定の街には結界を施した。

王都と同じで、土地の中心部分の地下に結界専用の祠《ほこら》を作り、結界魔法陣を書き込んで魔力供給用のミスリル製錬金釜を設置する。

ここに魔獣から取れる魔石を放り込めば、結界は勝手に維持される。

三キロメートル四方の土地は以前の王都の規模と同じくらいだから、結構広いんだよ！

次はいよいよ私の本命の温泉だね！

街の北端の、山肌を三十メートルほど上った辺りで、温泉の源泉を求めて掘削した。

この位置だと海も眺められて、街の様子も一望できる。

一キロメートルほども掘らなきゃいけなかったから、時間はかかったけどね。

温泉を汲み上げるミスリル製のパイプを差し込み、安定した湯量を確保した。

浴槽は五十メートルプールくらい広さのある大きいものだ。

水漏れしないように、土魔法で形を作って火魔法で焼き固めた、セラミックの浴槽だよ。

周囲は大きな岩で囲み、なかなか風情がある。

源泉そのままだと少し温度が高すぎるので、山肌を流れる清流と混ぜて温度を調節し、浴槽に流れ込む仕組みだよ。


翌日、私は久しぶりに貴族令嬢のアスカの姿になり、王都の教会を訪れた。

礼拝堂ではイスメラルダがちょうど祈りを捧《ささ》げていたところだった。

「イスメラルダ、久しぶり」

「アスカ。元気にしていたの？　デビューの日から一度も姿を見てなかったからすごく心配してたんだよ」

「大丈夫だよ。私はフリオニール様との婚約が解消されたお陰で、ノビノビと楽しんでるよ」

「でも、実家も出ちゃったんでしょ？　今はどこに住んでいるの？」

「国王陛下が私を可哀そうだと思ってくれて、辺境だけど領地を譲ってくださったの。その領地開発を頑張っているんだよ」

私の言葉を聞いてイスメラルダは驚いたようだ。

「そうだったんだね……そういえば、アスカはフリオニール様の話は聞いた？」

「ん？　どんな話かな？」

「護衛の三人と一緒に冒険者として三年間の修業に出されたのは知っているよね？」

「それは前から聞いていたよ」

「それはいいんだけど、フリオニール様と手を絡めていた、マリアンヌっていう子爵令嬢がいたでしょ」

「うん、私のクラスメートだったから知ってる」

「あの子が王都の高級衣料店や宝石店で『私は王太子様の婚約者だから』と言って、好きなだけ買い物して請求書を全部王宮に回していたらしくてね」

「あー、マリアンヌならやりそう」

私はフリオニール様の腕にぶら下がっていたマリアンヌを思い出しながらうなずく。

イスメラルダもうなずきながら、続ける。

「当然、王宮は支払いを拒否して街中の商店が大騒ぎになったの」

「それでどうなったの？」

「婚約者であるフリオニール様に請求するそうよ」

「大変だね。でも流石《さすが》にフリオニール様が支払って落ち着いたんでしょ？」

「それが、フリオニール様は冒険者生活をしている間は王太子と名乗る事を禁止されて、偽名で過ごしているから、誰も連絡が取れないんだって」

「滅茶苦茶だね。でも、それで困るのは街の商人さんたちだよね？」

「うん。だから、マリアンヌの実家の子爵家に王宮から支払い命令が出たんだけど……」

「だけど？」

「子爵家全員がすごい浪費家で全然お金を持っていなくて……王宮に泣きついたけど、国王陛下に全く相手にされず、『自力で解決できないのであれば、王太子が何と言おうとマリアンヌと王太子の婚姻は認めない』って借用書を突き返されたんだって」

当然の結果だ。婚約者だからといって、好き勝手にできるはずがない。

「陛下も流石《さすが》に呆れちゃったんだね」

「それで、王都の屋敷を売り払って支払ったそうよ。王太子が戻って来るまで領地で大人しくしてなければならないんだって」

「そうなんだぁ。マリアンヌは気が多い子だから、これ以上問題を起こさなきゃいいけど。三年間も大人しくできるのかな？」

あの子がフリオニール様だけを待ち続けるなんて想像できない。

私がイスメラルダを見ると、彼女も首をかしげて言った。

「どうだろうね……私は次の聖女見習いがあと二年で十二歳を迎えるから、その後、聖教国の皇族の家に嫁ぐ事になったわ」

「そうなんだ。良い人なの？」

「さぁ？　会った事もないし、私より十歳上だとしか聞かされていないから」

「そうなんだ……貴族家の娘って辛いよね」

私だって侯爵家の娘だけど、イスメラルダにはもっと枷《かせ》がはめられているだろう。

「そうね……そういえばアスカは家名ってどうするの？　キサラギ家は出ちゃったし、領地を賜ったなら領地名が家名になるのかな」

「辺境としか言われていないから該当する地域なんて国中にあるし、違う名前が良いなぁ」

「何か特徴的な物とかあるの？」

「深い森くらいかな」

「それも辺境ならどこでもそうだね」

「あ、温泉作ったよ！　すごく広くて気持ちいいの」

「へー、そうなんだ。聖女を卒業できたら、私も一度遊びに行くね」

「うん、待ってるよ」

温泉が特徴的かなぁ……そこで私はちょっと思いついた。

「スパリゾート家とかどうかな？」

「何だか良くわからないけど、楽しそうな響きだね」

こうして私の辺境領での家名はスパリゾート家に決まった。


私がスパリゾート領で何をやるかなんだけど……

やっぱりスローライフと言えば、魔法薬の調合とか魔道具の作成とかだよね。

王都の商業ギルドに行き、工房の空き物件がないか探してみた。

古いけど建物自体はしっかりした物件があったので、土地付きで三千万ゴルで購入し、マジックバッグで家を持ち帰って温泉の側《そば》に移築する。

浄化魔法と修繕魔法で新築同様にリフォームして、私専用の錬金工房を作った。

そこにミスリルで作った大きな錬金釜を設置し、私が直接魔法陣を刻み込む。

王都の錬金術師が薬事局で使う錬金釜よりも二回りも大きくて、もちろん魔力消費の効率も成功率も格段に高いよ。

薬品用の錬金釜とは別に、金属用の錬金炉も作った。

あとは魔法陣を正確に描くための大きな机を設置したら、仕事部屋は完成だよ。

流石《さすが》に錬金釜とか設置すると盗難の恐れもあるし、家の床下に防御結界の魔法陣を刻んで守りも完璧。

そう言えば、工房を移設した後の王都の土地を買ってもらえないかな？

再び商業ギルドを訪れて聞いた。

「土地だけですと、四千万ゴルで購入させていただきます」

「え？　私、三千万ゴルで買って一日しか経ってないんですけど？」

首をかしげながら受付の人に尋ねると、「家の撤去費用に千五百万ゴルが必要だったため、安くなっておりました。土地だけなら価値は上がるんです」と言われた。

……その言葉を聞いていい考えを思いついた。

アスカの姿だと悪目立ちするから、以前ドラゴンゾンビ戦の時に使った母アマンダの姿に変身する。

王都の不動産屋さんを巡って、更地にした場合、価値が上がる物件を買い求めた。

およそ一月かけて毎日五軒ほどの家をスパリゾート領に移し、更地にした土地を売って十億ゴルほどの差額利益を出した。

開発費用も貯められて一石二鳥だよね！

順調に資金も貯まり、移築した物件も百五十件くらいになったので、スパリゾート領はずいぶん街らしくなってきた。

今のところ、この街には広域結界を張らず、各建物の床下に一軒分ずつの小さな魔法陣を設置して家ごとに結界を張っている。

まだ誰も住んでいないからもったいないかな。

購入時はけっこうボロボロな物件が多かったけど、全部綺麗にリフォームしたので、街並みはかなり新しく見える。

そして、暇さえあれば工房でポーション類や魔道具を製作している。

前に王都ギルドのキャサリンさんがマジックバッグの事を聞いてきたので、丈夫そうな革素材でマジックバッグもいくつか作ってみた。

私の場合だと魔力をほぼ無制限で使えるから、それに応じて容量は多くなる。でも……普通の人は魔力を流して使うタイプだときっと実用性がないよね？

そう思ってバッグの外側のサイドに魔石をはめ込み、容量を確保する感じにしたよ。

使う人の魔力に応じた魔石をはめ込めば、魔力が少ない人でも困らず使える。

魔法陣はミスリルプレートに刻み込み、張り合わせたバッグの革の間に入れた。

いくらで売れるか楽しみ。

あとは……飛空船を国王陛下とかに売りつけてみようかな？

高くても買ってくれそうだしね。

……あれ？　もしかして全然スローライフっぽくない⁉

◇◆◇◆

スパリゾート領では激しい雨が降り続いている。

少し心配で飛空船で領内の様子を見て回っていると、ノードン川の水位もずいぶん上がってきているようだ。反対側の辺境伯領ではすでに水が溢れ始めている。

雨はその後も降り続け、三日経ってようやくやんだ。

再び飛空船に乗って被害の確認をする。

スパリゾート領では堤防が水害を完全に食い止めていた。けれど、反対側の辺境伯領ではかなりの広範囲にわたって水没している。

住人がいる地域ではなかったのがせめてもの救いだ。

ゆっくりと上空から状況を確認していると、ひときわ高い木の枝の上に子犬がいるのが見えた。

恐らく水位が上がった時に枝に掴まって下りられなくなったんだろう。

そこに上空から大きなワイバーンが子犬をめがけて飛んでくるのが見えた。

「ヤバイ」と思って飛空船のデッキから、雷魔法サンダーボルトをワイバーンに撃ち込む。

サンダーボルトが直撃し、ワイバーンは落下していった。

私はそのまま木のてっぺん辺りにいる子犬のもとまで飛空船を寄せ、子犬をデッキに乗せた。

子犬が尻尾を振りながら近寄って来たので抱え上げると、ペロペロと顔を舐めてくる。

萌えた。

「君には家族はいないのかな？」

そう声を掛けるけど、意味は通じてないようだ。

まぁ、当たり前だけど。

体全体が白銀色で、尻尾の先だけが真っ白の体毛だ。

モフモフでふさふさの尻尾はだらーんと垂れているけど、クリクリで真ん丸な目がとても可愛い。

「よし！　君を私の領地の第一領民に任命しよう」

「アォン？」

やはり話は通じてない。

でもいいんだよ！

「領民かぁ、それなら名前が必要だよね！　君の体の色がとっても綺麗な銀色だから、名前はシルバだね！　よろしくシルバ」

「クゥーン？」

通じてはないけど、喜んでいるのは尻尾の揺れ方で解るから大丈夫だよね？

撃ち落としたワイバーンを回収して船のデッキの上に置くと、子犬はちょっと離れてその様子をじっと見ていた。そしてどうやら動かないらしいとわかると、脚でつついたりして遊ぶ。

「シルバは何を食べたいのかな？」

「クゥン？」

せっかく第一領民が決まったけど、どうやら会話の成立はハードルが高いみたい。

とりあえず王都に行って食べ物買わないと。

魔物はいっぱいバッグに入っているけど、解体は経験ないからシルバにあげるお肉もない。

シルバを抱っこした状態で王都へ転移して、とりあえず王都ギルドへ立ち寄った。

前回頼んだ解体分の代金を貰って、新たに魔物の解体と買取を頼む。

スパリゾート領はとにかく魔物が多いから、ちょっと目を離すと街の中にもすぐ入って来ちゃうんだよね。

今はまだ誰も住んでないし、家の中には入れないように結界があるから良いんだけど、もし人が住むようになったら、街全体を覆う結界も必要だよね。

「キャサリンさん、この子が食べられるようなお肉を譲ってほしいんだけど、いいですか？」

「あら、どうしたのその子。ワンちゃん？　え⁉　その子ってプラチナウルフだよ！　街中で魔獣の放し飼いは罰則があるから駄目だよ、アスカちゃん」

「え？　犬じゃないんですか、この子」

「その大きさだとわかりにくいけど、特徴的な体毛と尻尾だから間違いないよ」

キャサリンさんに言われて驚く。この子、魔獣だったの⁉　知らなかった……

「ゴメンなさい。どうしたらいいですか？」

「テイムはしていないよね？　飼い主と魔獣の名前を刻んだプレートを付けた首輪、リードを装着しないと街中では連れて歩けないよ」

「テイムって隷属《れいぞく》魔法ですよね？」

「うん。テイムしてない状態で、よくその子、言う事を聞いているよね？」

「普通になつきましたよ？　えーと、首輪とリードはギルドでも扱っているんですか？」

「うん、扱っているよ。登録のプレートと合わせて三点で一万ゴルだよ」

「けっこう高いんですね」

「プレートは銀製だしね。それにアスカちゃんなら、一万ゴルでも全然大丈夫でしょ。さっきの買取金額も三千万ゴル以上だったじゃない」

「まぁ、そうですけど……ではそれを売ってください」

「名前は何て言うの？」

「シルバです！」

「シルバちゃんね、わかったわ。ちょっと待っていてね」

それから十分ほど待ち、名前を刻んでもらったプレートを首輪に取り付けて首に巻いた。

「ごめんね、シルバ。きつくないかな？」

シルバは「クゥン」と鳴きながら手を舐めてくれた。大丈夫みたい。

リードは丈夫な金属製だったけど、少し重いから明日領地に戻った時に錬金してミスリル製にしちゃおう。ミスリルだと軽くて丈夫だしね。

「キャサリンさん、この子が食べるお肉は何が良いんですか？」

「ワイルドボアのお肉が食べやすくていいんじゃないかな。さっき買い取ったお肉を、今なら原価で買い戻せるよ」

「それなら五キログラムほどお願いします」

「はい、了解だよ」

お肉を買ってカトリーヌさんの宿に向かう。シルバは入れてもらえるかな？

「あら、可愛いワンちゃんね」

「カトリーヌさん、この子と一緒に泊まっても大丈夫ですか？」

「お部屋は大丈夫だけど、食堂は駄目よ」

「それじゃぁ、お料理だけお部屋に持ち帰って食べても良いですか？　それとこの子用のお肉を切りたいので、少しキッチンを使わせていただきたいのですが」

「それは構わないわよ。包丁で怪我をしないようにね」

「はい。ありがとうございます」

カトリーヌさんは見た目はちょっとあれだけど、私たちのような女性冒険者にとって本当に優しい良い人だ。

時々一晩中、男性のうめき声や悲鳴が聞こえる事はあるけど……

一体何が行われているのか、怖いから聞かないけどね！

「シルバ。お肉とミルクで良いかな？」

「アォン」

嬉しそうに尻尾を振りながら、ボアのお肉を二キログラム分ほどペロッと食べちゃった。

このペースで食べるなら、ギルドの解体の人に頼んで五十キログラムくらいは食べやすいサイズに切ってもらっておいた方が良さそう。

翌朝も、お肉二キログラムをペロッと食べたシルバはちょっと体が大きくなったような……

でも、一日で大きくなるとかはないよね？　きっと気のせいだろう。

朝食後、街の薬屋さんに寄ってポーションの相場を調べ、材料を大量に買い込んでスパリゾート領の錬金工房に移動した。

「シルバ、リード外してあげるね。窮屈だったでしょ？　ゴメンネ」

「アオン」

リードを外してあげると嬉しそうにスパリゾートの街を走り回る。

シルバは自由に遊ばせておいて、私は錬金を始めた。

まずはシルバのリードをミスリルへ置換する。

元になる物質と上位金属を錬金釜へ少量投じて錬金を行う。そうすると全体が高確率で上位金属に置き換わる。

ラッキー、二回目で成功した！

次は薬草の錬金だ。

回数をこなして薬草の抽出方法を変えたら、上位の魔法薬の生成に高確率で成功するようになったよ！

ヒールポーション、マジックポーション、キュアポーション、万能薬やエリクサー、こういった薬品ができるんだけど、同じ薬草を使っても必ず同じ物ができるわけではない。

私は少しでも上位の薬の生成成功率が上がるように、同一素材であっても一度錬金を掛け、水も混じりけのない純水を作成してから使っている。

純水は、綺麗な清水に純化という光魔法をかけて作るんだよ！

薬草もまず純化を行い、九十九、九九％まで薬効成分だけの状態にする。

魔力草や毒消し草を作る時でも同じ工程を行う。

ポーション類にはランクが存在してDランクからSランクまでの幅があり、私が作るとほとんどBランク以上になる。

お値段はポーションの場合では納品価格で、Dランクなら千ゴル、Cランクなら五千ゴル、Bランクなら二万五千ゴル、Aランクなら十二万五千ゴル、Sランクなら六十二万五千ゴルとランクごとに五倍に跳ね上がるから、けっこう差額が大きいんだよね。

万能薬やエリクサーはかなり低確率で成功するけど、どちらも古代文明時代には存在していたらしい。文献が残っているだけだったから、恐らくこの世界ではここにしかない。

純化を行わないとほとんど成功しないのかも。

加えてエリクサーや万能薬の生成成功時は、かなり大きな魔力を錬金釜に吸い取られる。並の魔力では用量不足で完成しないんだろう。

この世界のどんな本を読んでも、素材錬金や純化には触れられていなかったから、私の異世界ラノベ知識が炸裂している感じ！

錬金に夢中になっていると、シルバが激しく鳴き始めた。気になって表に出てみる。

三十人ほどの団体がこっちに向かって歩いているのが見えた。

「え？　一体何事なの？　まさか盗賊かな」

「ワウン？」

私はシルバと一緒に、こちらに歩いて来る人たちの方へと向かって叫ぶ。

「そこで止まってください。ここは私の治める領地です。勝手に侵入されては困ります！」

「おぉ、あの方が魔女様か」

ん？　何だか不穏な呼び名だな……

すると、その団体の中では最年長に見える方が、一人だけ他の人より前に出て話し掛けてきた。

みんなの代表なのかな？

「わしらは、川向こうの辺境伯様の領地で暮らす集落の者です。今回の大雨で川が氾濫し、完全に辺境伯領の街と分断され、食べ物が手に入らない状況です。どうか救いの手を差し伸べていただけませんか？」

「えーと、辺境伯様には頼んだのかな？　領民の人が勝手に他領地を頼るのを、普通の領主は許さないと思うけど？」

距離を保ったまま、その人に尋ねてみる。

「辺境伯様の領土はわしらの土地以外も様々な場所で水害が発生していて、わしらのような一番端っこにあって、道が遮断されている場所まで手が回らんと仰られたのです」

「それって見捨てられちゃったって事なの？」

「自分たちで何とかしろと言われましたが、家も何もかも流されました。近頃、こちらの土地が綺麗に整えられている様子は、わしらの村からも良く見えておりました。もしかしたらこっちに来れば、何とか食べ物と寝床にありつけるのではと、村人全員で決死の思いで川を渡ってきたのです」

そう言われても、勝手にこの人たちを入れちゃうと辺境伯領と揉める原因になりそう。

でも、無理やり追い返しても彼らは生活できないだろうし、しょうがないか。

「わかりました。とりあえず食事と寝床は提供いたします。川を渡ってきたなら、冷えて大変だったでしょう」

とりあえず、彼らを領地内に引き入れる。

自分のマジックバッグから全員で食べても十分な量の魔獣を取り出し、魔獣をさばける村人にさばかせた。

その間に、女性たちに食事の支度を手伝ってもらい、屋外バーベキュー大会の準備を整えた。

私はいつも食事を王都で取っていたため、主食や野菜の在庫はない。急遽転移で王都に飛んで、みんなが食べても十分な量の食料を揃えて戻った。

「魔女様は、魔女じゃなくて女神様じゃ。ありがとうございます」

「その魔女様って何ですか？　私はアスカ、この辺境領の領主『アスカ・スパリゾート』です」

「アスカ様でございましょう？　船で空を飛んでいたのは」

「あ、それなら確かに私だけど」

「村でいつも噂になっていたんです。『神船の魔女様』と」

何だかすごい噂だね……

「皆さん、お腹がいっぱいになったら温泉に浸かってきてください。その間に、寝床の方を整えておきますので」

「お風呂だなんて、私ら初めて入りますよ。井戸水で体を洗った事しかないですから」

「気持ち良いですし、疲れが取れますよ。男女で別々になっていますので安心してください」

村人たちにそう告げると、男性陣から舌打ちの音が聞こえた気がしたけど、気のせいだよね？

さすがにもう少し広域の結界も張らないとちょっと危険だ。

広場の中央に作っておいた石室にある結界も発動させた。これでこの街は守れる。

家は数が足りているけど、割り振りはどうしよう。

別に使う予定もないし、家族単位で使ってもらえばいいか。

村人たちが温泉から戻ってくると、口々に感謝の言葉を述べる。

私はみんなに向かって言った。

「皆さん、落ち着かれましたか？　とりあえずの寝床ですけど、家族単位で分かれていただけますか。ここにある建物はまだ居住者がいないので、これからご家族ごとに振り分けて当面の宿舎としますので」

すると、代表の方がお礼を言ってくれた。

「アスカ様。わしらは何もお返しする物を持っておりませんので、そこまでしていただくわけにもいきません。この広場に雑魚寝で構いません」

「それだと逆に私が落ち着かないので、言われた通りに家で寝てください。当然、対価は労働でいただきますから。ここにいる間は遊ばせませんよ？」

村人たちは全部で三十二人、男女は半数ずつ。未成年者が八人だ。

このスパリゾート領に暫定的に新たな領民が誕生した。

八つの家族があってそれぞれの家族ごとに家を割り振り、当面の住まいとしてもらった。

どの家も新築同様にリフォームしてあったので、みんなびっくりしていたよ。

だって魔導コンロや水洗トイレも完備していて、王都の住宅よりも設備は整っているからね！

当面の仕事としては、今まで王都ギルドでやってもらっていた魔物の解体と、それによって出る血や内臓を肥料として畑を耕し、魔法草の栽培を始めてもらう事にした。

翌日、辺境伯領の水害状況を確かめるために、村人たちの代表者（イワーノフさんというらしい）を連れて飛空船で上空から見て回った。ノードン川以南の他の川の水害はもっと酷《ひど》く、復興には大分時間がかかりそうなことがわかった。

イワーノフさんをスパリゾートの街に連れ帰り、私は王都へ転移して国王陛下に謁見を求める。

「アスカ、久しいの。辺境の開発は順調か？」

「国王陛下、何もお聞きになってはいらっしゃいませんか？　五日ほど前から豪雨に見舞われ、私の領地は大丈夫でしたが、隣の辺境伯の領地はかなり深刻な状態のようです。私の領地に近い村落も完全に孤立し、私に援助を求めてきました。とりあえず保護しましたが、このままでは問題が起こりそうなので、事前にご相談に伺いました」

「そうであったか。現在、アスカのお陰で王都の拡張工事が忙しくなっておって、なかなかこちらからは人が出せぬ状況なのだ。ウエストエッジ辺境伯から何か言って来たら、国王が承認済みだと言えばよい。村人たちのアスカの領地への移住を許可すると一筆書いておこう」

「助かります。それでは、避難民の方々は正式に私の街に住んでいただきます」

「アスカ、人手が足らぬであろう？」

「そうですね、でもまだ村人三十二人とペットが一匹だけですので」

「私の息子を一人預けたいが、面倒を見てもらえぬか？　もちろん、護衛でちゃんとした騎士も付けて邪魔にはならんように配慮する」

「それって、また婚約者としてですか？」

「そうではない。一番下のゼクスだが、獣人国からもらった嫁の子供だ。このまま王宮で育てるより、アスカに預ける方が面白い育ち方をすると思ってな。どうせ将来は辺境のどこかを自力で開発せねばならぬから、アスカの下で勉強をした方が良いだろう」

「今、おいくつでしたか？」

「十歳だな」

「まぁ、勉強であればいいですけど、特別扱いはしませんよ？　魔物討伐も雑用もたくさんありますから」

「それこそ望むところだ。フリオニールはちょっと育て方を間違ったから、残りの七人はそれぞれ違う育て方をしてみたい」

「そう言えば……フリオニール様は大丈夫なのですか？」

「何だ、気になるのか？」

「関わり合いになる方々が不幸になりそうで……」

「ずいぶんな言われようだな」

「マリアンヌの件も大変だったみたいですね」

「ああ、聞いたか……」

「一応同級生でしたから、どんな娘なのかは知っていましたし」

「私の方でも、あの後で少し暗部に情報を調べさせた」

「何か出てきましたか？」

「うむ……彼女は懇意にしている男性もかなり多かったようだな」

「その辺り、直接見たわけではありませんので、私は発言を控えさせていただきます」

「そして、その男性たちがあの社交界デビューの日以降、何名か原因不明の死を遂げているのだ。マリアンヌの過去をよく知る者がな」

私は驚いて思わず陛下の顔を見た。陛下は苦虫をかみつぶしたような表情をしている。

「それは……まさか？」

「まだ証拠は出ておらぬが……当然断罪され、実家も改易は免《まぬか》れないな。この王家に泥を塗ったとみなす」

「そうですか……」

「そうなればフリオニールも王太子へ戻れぬ。どこかの辺境領を開発させる」

「そうなんですね。お世継ぎは誰に？」

「まだ決めておらぬ。公平にチャンスを与えるつもりだ。冒険者として最低Sランクを達成するか、領地の開発において頭角を現すかのどちらかで、一番目覚ましい結果を残した者になるだろう。アスカに預けるゼクスが一番有利かもしれぬ。しかし、ゼクスが王と認められるには、他の兄弟よりも条件が厳しいだろう。獣人族という逆境を越えねばならぬからな」

「大変ですね」

「だが、聡明な子ではある。よろしく頼むな」

「畏まりました」

◇◆◇◆

ウエストエッジ辺境領の領民の方が避難してきて、スパリゾートの街は急に賑やかになった。その中でも、一際《ひときわ》人気の存在がいる。

「アォン？」

そう、シルバだよ！

避難してきた人たちもシルバの姿に癒される。

子供たちには特に人気者だ。

あの、モッフモフの毛並みに一度触れば、誰でも虜《とりこ》になっちゃうよねぇ。

スパリゾートタウンは街を囲む壁の東側に出ると、すぐに魔物が大量に存在する森になる。

おかげで狩りには困らない。

結界があるため、魔物は上空や地中からも街に出入りできなくなっている。

街の東西と南の三方向に作った門で人の流れはコントロールしているのだ。

北側は山だし、温泉があるから門は作らなかったんだよ。

山を少し登っちゃうと温泉が丸見えだし、覗かれたら嫌だしね！

南門から出ると、ノードン川沿いに街道に繋がる道を整備した。

西門から出ると、すぐに海岸が広がる。

そして東門の外には広大な森が広がる。

今日は街の人たちと一緒に朝ご飯を食べた後、私は錬金工房に籠《こも》って魔法薬の錬金を頑張っていた。

シルバは街の子供たちと、元気に走り回って遊んでいた。


お昼前になって、そろそろお昼ごはんかなぁ？　と、思いながら街の中に下りて行くと、街の人たちが少し騒がしい。

「どうしたんですか？」

私が問いかけると「アスカ様、うちの子供の姿が見当たらないんです」とその子供たちの母親、ルナさんが答えた。

「子供たちは、シルバと一緒に遊んでいましたよね？」

「それが……シルバちゃんも姿が見えないんです」

この街に空き家はまだたくさんあるけど、どの家にも空き巣防止の魔道具が設置してあるので、空き家には入れない。

「シルバぁああ」と大きな声で叫んでみた。

反応がない。

街の人たちに集まってもらって、子供とシルバの目撃情報を聞いた。

「東側の畑の周りで走り回っていましたよ」と、農作業をしていた人が教えてくれる。

どうやら東門のあたりで遊んでいたのが、最後の目撃情報だ。

(やばいよね……東門からもし外に出ていたら、魔物に襲われる可能性が高いよ)

いなくなっている子供は三人。

他の子たちは家にいた。

「ルナさん、安心してください。私が必ずみんなを連れて帰りますから」

「アスカ様、私も行きます」

「駄目です！　この東門から出た先はAランクの冒険者でも、危険な魔物がいるんです。街の方たちが出れば二次遭難で被害が拡大するだけです。私に任せてください」

「アスカ様……お願いします……どうか、うちの子たちを……」


私は東門から外に出て、森へと入った。

森の中で再びシルバの名を叫ぶと、私の声に反応して魔物が現れる。

「今日の私は、容赦がないよ！」

『フロストランス』『サンダーアロー』『アースバインド』『ライトニング』『トルネード』『ダークネスブレード』『ホーリーシャワー』

現れる大量の魔獣に対し、躊躇《ちゅうちょ》なく魔法攻撃を放って殲滅《せんめつ》する。

流石《さすが》に森林火災は困るから、火属性魔法は使っていないよ？

「シルバあああああぁあああ」

森に入り、すでに一時間は経過した。

街の人の目撃情報から考えると、子供たちが居なくなってから二時間以上経っているはずだ。

さすがに少し焦る。

いくらシルバがプラチナウルフでも、まだ赤ん坊だ。

今私が倒したような魔物たちとでは、勝負にならないだろう……

その時だった。

『アォォオオオン……』

かすかに狼の遠吠えが聞こえた。

（間違いない、あの声はシルバだ！）

「シルバぁあああああ」

私は叫びながら、声の聞こえて来た方角へ向けて進む。

叫べばその声に引き寄せられて魔物が現れる。

すでに私が森に入ってから倒した魔物は百匹を超える。

でも、シルバの遠吠えは一度聞こえたきり。

シルバの方もさっきの遠吠えのせいで、敵を集めてしまったのかもしれない。

急がなければ。

……それから五分後、魔物が争っている場所に遭遇した。

Aランクモンスターのマーダーグリズリーとキラーバイソンが小さな影と戦っていた。

小さな影をよく見ると銀色の毛並みが確認できた。

居た、シルバだ。

シルバは大木のウロの前で立ちはだかるようにして、ウロの入口を守っているように見えた。

急いで近づくと、その辺りにはすでに倒された魔物たちが十体ほどもいた。

再び叫ぶ。

「シッルバぁあああああああああ」

私の声に反応したマーダーグリズリーが後ろを振り返り、私に突撃してくる。

シルバはもう一体の魔物キラーバイソンと対峙している。

私は全力の魔法をマーダーグリズリーにぶつけた。

『ヘルグラビティ！』

百倍の重力負荷を与える魔法だ。

マーダーグリズリーは私の手前二メートルの場所で、『ブチュン』という音を立てて敷物のように平べったく潰れた。

その上を踏みつけてシルバに駆け寄ろうとする。

私に背後を見せているキラーバイソンは、鋭く巨大な牙を持ち、全長十五メートル、胴回りの太さだけでも二メートルを超えるほどの巨大な毒蛇だ。

子犬サイズのシルバだとペロッと呑み込めそう。

シルバはキラーバイソンの攻撃を素早く避ける。

それだけではなく、決してキラーバイソンを穴に向かわせないようにちょっかいをかけ続けている。

きっと……あの中に子供たちがいるんだね。

シルバがあのちっちゃな体で、全力で守り続けてくれていたんだ……

うちの子をいじめる奴は許さないんだからね!!

キラーバイソンが再びシルバを呑み込もうと一瞬上半身を上に反らせた瞬間、私は『エアーブレード』を全力で叩き込んだ。

一撃で、キラーバイソンの胴体は頭と分かれ、大量の血をまき散らしながら倒れた。

滅多に全力の魔法を撃たないため、加減がわからず私の攻撃はキラーバイソンを完全に貫通した。

さらにその後ろのシルバが守っていた木を含め三百メートル先にある木まで巻き込んで切り倒してしまった。

シルバが私に向かって「アンァン！」と鳴きながら駆け寄ってくる。

大木のウロの中に居た三人の子供たちの頭が見えた。

いきなり頭上の木がなくなり、陽が差し込んだので眩しそうに手を額に当てている。

私が大きく手を広げると、シルバが思いっきり私の胸に飛び込む。

勢いが強すぎて、一緒に転んじゃったよ……

倒れた私のほっぺたを、シルバが全力で舐めまわす。

「シルバ、ゴメン。先に子供たちの安否を確認させてね！」

私はシルバを抱きかかえ、ウロの中から姿を現した子供たちに声を掛けた。

「大丈夫？　怪我はしていないの？」

「アスカ様ぁあごめんなさい。怖かったよおぉお」

子供たちは相当怖かったのだろう。

みんな泣きながら私にしがみ付いてきた。

「もう大丈夫だよ、泣かないで。一体どうしてこんな場所まで来ちゃったのかな？」

「ごめんなさい、お外に行ってみようってアーク君が言って、三人で門を出たらすぐに魔獣に見つかって一生懸命走って逃げたの。そしたらね、シルバちゃんが来てくれて、みんなを守ってくれたの。でも、次々に魔獣が出てきちゃって逃げていたら、ここに辿り着いたの。シルバちゃんがずっと僕たちを守ってくれてたの」

年長の男の子が泣きながら謝る。

「そっか、街の外は危険だから、大人の人と一緒じゃないと絶対に出たらダメだよ」

「うん。アスカ様、ごめんなさい」

シルバは私に抱かれ、ずっとほっぺたを舐めまわしている。

「シルバ、ありがとう。みんなを守ってくれたんだね」

シルバの身体をよく見ると、美しい銀色の毛並みから血が出ていた。

『フルリカバリー』

全回復の魔法を唱えると、大きく柔らかな光が辺り一面を照らす。

シルバの怪我が治ったのを確認する。

それから周囲を見ると……辺り一帯に倒れ、まだかすかに息のあった魔物たちまで怪我が治って立ち上がっていた。

「ヤバッ……みんな伏せて！」と私は叫んだ。

しかし、起き上がった魔物たちは攻撃をしてこなかった……

それどころか、私に向かって頭を下げるようなしぐさを見せつつ、森の奥へと戻っていった。

たった今、真っ二つにしたキラーバイソンとペッチャンコにしたマーダーグリズリーまで生き返っている。

この二頭は私を警戒して、後ずさるようにして森の奥へ消えた。


私たちは、森の中を警戒しながら歩いて戻った。

もちろん、途中で大量に倒した、魔物の死体の回収もしながらだよ？

子供たちは余りにもたくさんの死体が倒れていることに結構ビビっていた……

森の出口に近づいた時……キラーバイソンとマーダーグリズリーが再び姿を現す。

しつこいなぁ……と思いつつ、今度こそきっちり止めを刺そうと、私は剣を構えた。

子供たちが私にしがみ付いて来る。

シルバは私の手から飛び降りて、威嚇《いかく》するように唸った。

だが、二頭の魔獣は私たちの前で頭を低く下げて、何かを差し出してきた……

何度も頭を下げるようなそぶりを見せながら二頭は森の中へと消えて行った。

渡されたのは、この森で取れるのだろう、たくさんのフルーツ。

お礼なの!?

一応鑑定したけど毒はなかった。初めて見る美味しそうなフルーツだった。

マジックバッグの中に放り込み、みんなで街へと戻った。

街へ戻ると、街の人たちが心配して東門の側《そば》へと集まっていた。

子供たちが母親に向かって駆け寄る。

心配していた親たちが涙を流しながら子供たちを抱きしめた。

「アスカ様……本当にありがとうございます」

私もシルバをもう一度抱き上げて、その柔らかな毛並みをモッフモフにモフリ倒した。

「みなさん！　今日は、この子たちのお陰で美味しそうなお肉と、フルーツがたっくさん手に入ったから、今からみんなでバーベキューパーティしちゃいましょう!!」

私の宣言に街の人たちから歓声が上がったのだった。

◇◆◇◆

国王と話した十日後、ゼクス第八王子は護衛の騎士三人を伴い、スパリゾート領に姿を現した。

「アスカ元爵、私はゼクス・ギルノアと申します。スパリゾート領に後学のために訪れました。よろしくお願いいたします」

「か、かわいいいいいいいい」

「あ、な、何を仰います」

顔を赤くしたゼクス王子の頭には狼耳が飛び出ており、お尻にはシルバとお揃いのようなフッサフサのシルバーテイルが生えていた。背はまだ百四十センチメートルに届かないくらいだ。

シルバは仲間が来たと思っているのか、何だかすごくはしゃいでゼクス王子の顔を舐め回している。

「ゼクス王子。貴方はここにいる間は、王子ではなくただのゼクスです。護衛の三名もゼクス君の護衛ではなく、アスカ領の衛兵としてゼクス君と同じように働き、学んでいただきます。それが嫌ならこのままお帰りください」

「アスカ様、ゼクス王子を同僚として扱えと仰るんですか?」

「ええ、そうです。この領内では領民もみんな同じ扱いです。たくさん学び、たくさん仕事をして結果を残した者を公平に評価いたします。当然、できる仕事により役割は違ってきますが、それは別に偉くなったのではありません。評価はお給料で差を付けますけどね」

そしてそれぞれに自己紹介をしてもらった。まとめると、こんな感じ。

ゼクス・ギルノア　第八王子　十歳　魔力小　適性は火、身体強化使用可
ダルド・オーシャン　侯爵家五男　十三歳　魔力なし
サバド・ニクソン　男爵家三男　十五歳　魔力中　適性は風
カール・シーザー　子爵家四男　十四歳　魔力大　適性は闇、水

「あら、サバド君、久しぶりね」

「アスカ様、今はご領主と臣下の関係です。そのような言葉遣いは困ります」

「話聞いてた？　堅苦しいのは禁止だよ」

サバド君は魔法科に通っていた時の同級生だった。

「アスカ様呼びくらいはいいですか？」

「まぁ、しょうがないか。貴方たちには基本、この街の周りの魔物と戦いながら鍛えてもらうのと、開拓事業を学んでもらうよ。王都とはずいぶん違うから、ここで学べばどこへ行っても困らないし、ゼクス君が辺境伯になった後もきっと役に立つよ。ダルド君、ちょっと私の手を握ってみて？」

「あ、はい」

「両手で繋ぐのよ。魔力が本当にないのか確かめてみるからね」

ダルド君の手を握って探ってみると、魔力はやはりあった。

「ちょっと魔力を貯める場所、魔臓を押し広げるからね」

そう言って、かつてサリアにしたのと同じように丹田《たんでん》の場所にある魔臓を押し広げていった。

ダルド君の顔が紅潮し、魔力の流れを私が感じた瞬間にビクッと腰が引けて座り込んだ。

「ダルド君はちゃんと魔力はあったからね、これからはその魔力でゼクス君と同じように身体強化は使えるようになってもらうから、頑張ってよ？」

「あ、すみません……ありがとうございます」

そう言いながら、腰を引いてもじもじしている。

「え？　ダルド君、どうしたの？」

「言えないです……ちょっと着替えられる場所ありますか？」

「それならこの領地の名物の温泉にみんなで行っておいで。今日は歓迎会をするからね」

四人が温泉に向かって行った後に、ちょっとだけ生臭い匂いがしていた。

◇　◆　◇　◆

新しい仲間が加わり、賑やかな朝を迎える。

「ゼクス君、領内を見に行くから護衛の三人も連れてきてね」

「はい、アスカ様」

四人を伴い、錬金工房横の広場に泊めた飛空船のところへ連れていく。

「あの？　アスカ様、なぜ陸に船があるのでしょうか？」

飛空船を見たゼクス君は不思議そうに尋ねてきた。

「これは飛空船だよ。私の作った魔道具なの」

「魔道具……ダンジョンから出たのですか？」

「違うよ。作ったって言ったでしょ？」

「飛空船とはどういう物でしょうか」

「うーん。説明するより乗った方が早いよ。みんなさっさと乗ってね」

ゼクス君たち四人とシルバを乗せて、スパリゾート領の上空へ舞い上がった。

「うわあああ、すごいです。このような魔道具が存在するなど知りませんでしたぁああ」

「良い眺めでしょ？　今日はみんなにこのスパリゾート領の全体を上空から見てもらって、どこをどう変えたいか、意見を出してもらいます」

「「「「はい」」」」

四人は元気よく声を揃えて答えた。

上空から見るスパリゾート領は見事に森ばかりが広がる。

南のノードン川へ流れ込む支流がいくつかあり、人口が増えてくればこの支流を中心とする街づくりが有効かな？

ゼクス君たちは何を感じ取っただろう。

一時間ほど上空から見て回ると一度戻り、錬金工房の横に着陸した。それから街の中央にあるこの街で一番広い建物へ向かい、みんなの意見を聞く。

「空からの眺めに圧倒されました。感動です。ぜひこの感動を国中の人々に体験してもらいたいと思いました」

「あら、ゼクス君は流石《さすが》に王子様だね。君に見えるのは領民でなくて国民なんだ」

「駄目ですか？」

「んーん、全然駄目じゃないよ。その歳で国民に感動を分け与えたいなんて言葉が出るのはすごいと思うよ」

ゼクス君は安堵したように笑った。次は、ダルド君だ。

「アスカ様、私はあの飛空船を飛ばすのに必要な魔力量や維持方法を学びたいと思います。もっと高く飛び、上空から隣接する領地や聖教国の警戒をする事は可能でしょうか？」

「ダルド君は、昨日魔力を開通してあげたよね。起動時に少し魔力を流せば、あとは魔法陣の中にある魔力炉が魔石から魔力を抽出する仕組みになっているよ。操縦は指示を出す時にごく少量の魔力を操縦用の水晶球に流すだけだから、慣れれば難しくないかな。今日上がった十倍以上は高く飛べるから、警戒などに利用するのは十分可能ね」

ダルド君は感心したようにうなずいた。

彼はパイロット希望かな？　男の子なら憧れる職業かもね。

次は、サバド君だよ。

この中では一番年長者だけど、どうだろう？

「この辺境地には結界魔法陣がなかったと聞いておりましたが、明らかに結界が張ってあるように思います。間違いないでしょうか」

「ええ、私が結界魔法陣を書けるので」

「え？　アスカ様は魔法陣の文字を理解できるのですか？」

「そうね。ちゃんと学べば誰でも理解は可能だと思うわ」

「そうであれば、領地の防御は万全にしながら資源として魔物を残します。魔物からの被害は最小限に、資源の枯渇《こかつ》を防ぎながら都市計画を行う事が重要だと考えます」

「すごいね、サバド君。ゼクス君が国王陛下になったら君は宰相になれそうだね」

「そんな、アスカ様」

サバド君はそう謙遜しながらも、ちょっと顔が赤かった。

「アスカ様、一つ聞いてもよろしいでしょうか？」

「どうしたの？　サバド君」

「アスカ様は魔力を失い、魔法科から作法科へクラスを移られましたが、今は魔力が復活されたのですか？」

「そうね、この辺境の大地が私の力を蘇らせてくれたんだよ。陛下には感謝しています」

「そうですか、良かったです」

サバド君は冷静な見方ができる。

最後はカール君だ。

カール君は、私から見てもかなり高い潜在能力を持っているし、有用な魔法が多い闇魔法の使い手だからゼクス君の切り札になりそう。

「アスカ様、私は昨日今日の二日間だけで気付きましたが、これからは魔法陣魔法が世界の常識を覆してしまうのではないでしょうか？」

「言いきっちゃうのね」

「私は、できればゼクス様の護衛以外の全ての時間を魔法陣魔法の習得に充《あ》てたいと思います。学ぶ事は可能でしょうか？」

「やる気があるなら、何でもできるよ」

「よろしくお願いします」

「じゃあ、とりあえず私が読んでいた魔法陣の写本があるから、それを書き写してみて。一文字ごとに文字の意味を理解していく事から始めようか。書き写し終わったら持ってきて。少しずつ教えてあげる。ゼクス君とダルド君は時間がある時に飛空船の操縦を教えるから覚えてね」

「はい！　楽しみにしておきます」

サバド君にはこの領地の地図に、実際に上空から見た小川の流れなどを書き加え、領地全体の街の配置などを考えてもらう事にした。

今やっておけば、ゼクス君の領地が決まった時に絶対に役に立つからね！

◇　◆　◇　◆

「アスカ様、一度王都へ飛空船で向かってもよろしいでしょうか？」

「ゼクス君がやってみたいなら反対はしないわよ」

「それでは早速、ダルド、カール、サバドの三人を連れて向かいたいと思います」

「空の魔物もいるから、十分気を付けて行くんだよ」

「はい、了解しました」

ゼクス君たちがこの領内にやって来て早一か月が経過した。

すっかり飛空船の魅力に取りつかれたゼクス君とダルド君は、飛空船を自分たちだけで安定して飛ばせるほどに操縦がうまくなってきている。

まぁ、魔力さえちゃんと安定して流せれば、難しくはないんだけどね！

この四人には毎朝日課として、私が子供の頃からやってきたように魔力を感じ、体内に循環させ、そして放出させるという事を繰り返し行わせている。

まだ十歳のゼクス君と十三歳のダルド君、十四歳のカール君は魔力が増えているのがわかる。

十五歳のサバド君は全く増えないわけではないが、他の三人に比べると成長度合いが低い。

ゼクス君が一番増えているので、やはり年齢が若いほど効果があるんだろうね？

私以外の人で効果を確認できたのは大きい。

この先、この領地が発展していくには人材の育成は大事だ。

でも、私だけではとても全てを教えてあげる余裕はないから、最低限の基礎教育を終えたこの四人の存在はとても助かる。

魔力の体内移動がスムーズにできるようになると、飛空船の操縦も安定してできるようになったから、今は領内の見回りは四人に任せている。

「好きこそ物の上手なれ」とはよく言ったもので、ゼクス君とダルド君の二人は飛空船の操縦に関しては私と変わらないレベルだよ！

サバド君は結界魔法陣を勉強している。

私が書いた物と写本に載っている古代の魔法陣を見比べ、どこが違うのか、文字一つにどんな意味があるのかを理解しなければいけないから、簡単ではないけど、少しずつは理解しているようだ。

カール君は魔道具全般に興味を示し、この街では当たり前に使われている魔導コンロや空調機などの構造を調べ、刻み込んである魔法陣との関連性を勉強している。

日本語がわからないと全く魔法陣の意味がわからないから、時間に余裕のある時は私が質問に答える形で教えているけどね。

基本の発音表を作ってひらがな、カタカナから覚えてもらっているけど、日本人なら当然のようにできる使い分けがけっこうハードル高いらしい。

日本人だと外来語は基本カタカナで表記するって思うでしょ？

この世界に日本語自体が存在しないから、全て外来語に思えるようでその中で使い分けを説明するのが超難しいんだよね。

もう「丸暗記しろ！」としか言えないよ。

王都の人たちが、ゼクス君の操縦する飛空船を見てどんな反応をするのか楽しみだ。

私は各領地に飛空船を提供しようとは思っていない。自分たちで開発できるんなら「特許料を寄越せ！」なんて言わないから頑張ってね！

今回はゼクス君たちに、他の魔道具や魔法薬をある程度持たせている。

スパリゾート領だけを栄えさせるよりは、国全体が少しずつでも豊かになる方法をゼクス君なりに考えたみたいだ。

王都でスパリゾート領の優れた技術の展示会を行う。けれども輸出をする予定はない。買いに来れば売ってあげる、この流れで計画を立てた。

そうすることで、王都全域からスパリゾート領に至る街道や港湾の整備を促し、国中が好景気になるのではないかという提案だった。

私に損があるわけじゃないし、ゼクス君がやってみたいなら応援してあげよう。

ゼクス君たちはあくまでも私の家臣ではなく勉強しに来ているだけだし、国を富ませる手段を思いついたならやってみるのもいい経験になるだろうからね。

そして、ゼクス君たちは王都に向かって飛び立った。

王太子殿下の悲劇①

俺、フリオニール・ギルノアはついに真実の愛をこの手で掴み取った。

思えば長い道のりだった。

わずか七歳の頃から一歳年下の二人の女の子を婚約者と決められていた。

「将来貴方は国王陛下になるのだから、家柄も良く何よりも魔力を豊富に持つ女性を妃とする事が大事なのよ」

母上からもそう言われて、それが当然だと思ってきた。

俺には七人の弟と四人の妹、五人の母がいる。

幼いながら思っていた。

王様になれば俺もたくさんの側室を置いて、優秀な世継ぎを残すために頑張らないといけないんだと。

父上のように。

俺は十五歳になり、母上からは「貴方が現在の聖女と婚姻を結べば、父王から譲位されるわ」と言われていた。

俺は結婚をすれば、それで王位が譲られるのだと解釈をしていた。

十五歳にもなれば当然、女の子に興味が湧く。

だけど王太子の俺の周りにはいつも側近が居て、なかなか女の子と仲良くなれるチャンスがなく、不満に感じていた。

来年になれば、この国の王家のしきたりにより、三年間の冒険者生活が始まる。

今の側近たちを引き連れての冒険者生活だ。

お父様も同じように十五歳から冒険者として世界中を回ったらしい。

でも俺は野蛮な事にはあまり興味はないんだけどな。

剣術も魔法も幼い頃から家庭教師が付き、それなりには使えるが、側近の連中は明らかに俺よりも優れてるし、俺が魔物を倒して回る必要なんか全くない。

冒険者として国外を見て回り、自分の目で外国の情勢をわかっておけ、と言われているのだろう。

側近の騎士見習いであるセーバーが言う。

「王太子様。冒険者として国外に出られるようになるには、最低Bランクまでは上がらねばなりません。もちろん全力でご協力はいたしますが、Bランクへの昇格にはかなり厳しい内容の依頼が含まれております。命のかかった勝負では何が起こるかわかりません。もう少し鍛練をお積みください」

「お前たちは何があっても守ってくれると信じている。だから任せるさ。俺は良い側近に恵まれて幸せ者だ」

そう言っておけば側近の連中はうれしそうにするから、それで構わない。

それよりも俺は女の子たちとイチャラブしたいんだよ。

俺の二人の婚約者、アスカとイスメラルダは二人とも容姿は整っているが、身体はイスメラルダの方が成熟している。

アスカは、まだ子供っぽい凹凸の少ない身体だ……

性格も時々何を考えてるのかわからない部分があるが、社交性に優れたイスメラルダは常に笑顔だ。

きっと頼めばイチャラブ展開に持ち込めるはず。

俺は婚約者なんだからな！

流石《さすが》に側近たちも聖教会の結界の間には付いてこられないから、イスメラルダが祈りを捧《ささ》げている時がチャンスだな。

いつも午後三時から午後九時の六時間は祈りを捧《ささ》げるが、本当はそんなには時間は掛からないと知っている。

母上が言ってたからな。

「イスメラルダは私より魔力が多いから、お祈りに五時間も必要ないかもね。アスカなんて、その倍も魔力があるんだから、結界の間でお昼寝でもしているかも」

だとすれば、午後三時から始まる祈りはもっと早くに終わってるはずだ。

今日こそ俺はイスメラルダとイチャラブするぜ！

そしてイスメラルダが祈りを捧《ささ》げる日に俺は結界の間を訪れ、午後八過ぎに扉を叩いた。

「俺だ。フリオニールだ。誰にも聞かせられない大事な話があるんだ、扉を開けてくれ」

そう声を掛けた。

俺の予想通りすでに祈りは終わっていたようで、イスメラルダは扉を開けてくれた。

俺は勢いで頼めばなんとかなると思い、扉が開くとすぐに結界の間に身を滑り込ませた。

「フリオニール殿下……何のお話ですの？」

「イスメラルダと二人きりの甘い時間を過ごしかったんだ」

「殿下。私は公爵家の娘として、聖女として、たとえ殿下のお言葉であっても婚姻前にこの身体を許す事はございません」

そうはっきりと断られて、頭に血が上ってしまった俺は、イスメラルダに抱きついた。

いい匂いで頭がクラクラする。

激しく抵抗されて俺も本気になってしまい、彼女の肩を掴んで引き倒す。

装飾の多い俺の衣装で、イスメラルダの手が切れ、血が流れた。

俺も彼女に突き飛ばされた拍子に、しりもちをつくように倒れた。

『ガキーン』という嫌な音が鳴る。ベルトにぶら下げていた剣の上に倒れた俺は、思わず音がした床を見た。

それと同時にイスメラルダが悲鳴を上げた。

すぐに教会の司教やアスカまで駆けつけてくる。

俺は、腰が痛くて呆然としていた。

「結界魔法陣が破損しております。この事実が明るみに出れば王太子様といえども、三親等ともに死罪は免《まぬか》れません」

ハァッ？　なんでこんな意味のわからない字が傷ついただけでそんな事になるんだ？

こいつら頭がおかしいんじゃないのか？

そう思っていたが、十分もたたずに父上が駆け込んできて、俺を激しく殴りつけた。

その後、父上はアスカと二人で何かを話していた。

どうやらアスカの全ての魔力と引き替えに、結界の修復はできたらしい。

この事件のせいで俺は即位するまで、小遣いを半額にされてしまった。

死罪を免《まぬか》れただけラッキーだったのかもしれない。

事実が漏れれば、大変な事になるので関係者は厳しく口止めされた。

だが、イスメラルダとの婚約は解消された。

あの豊満な体を抱くチャンスはなくなってしまったのだ。

まぁ、俺が即位すれば、女など選び放題だから気にしなくても良いか……

もう一人の婚約者アスカは魔力を失って、教会からは出て行ったが、俺の婚約者である事には変わりがなかった。

だが、アスカの俺を見る目は冷めている。

一緒にいても楽しいと感じない。

俺はこの女を后《きさき》に迎えるのが人生なのか？

王といえども人間だ。俺は自分の愛した女を后《きさき》として迎え、幸せな家庭を築きたい。

愛した女との間に生まれた子供にこの国を継がせたい。

そう思うようになっていた。

そして出会いは訪れた。


「……王太子様。私は王太子様を心の底からお慕い申し上げております。身も心も全てを捧《ささ》げます。今すぐにでも……」

そう声を掛けて来たのは、俺の好みを現実にしたような魅力的な女の子だった。

マリアンヌと名乗る子爵家の令嬢だった。

出会ったその日のうちに親密な関係になれた。

俺はもうメロメロだった。

イスメラルダやアスカなんかとは大違いで、マリアンヌはとても甘え上手だ。

俺は半額にされた小遣いのほぼ全てをマリアンヌへのプレゼント代に充《あ》てた。

「王太子様のためにもっと可愛くなりたくて、新しいドレスが欲しいのです」

「王太子様にふさわしく、もっと美しくなりたくて、貴品あふれるネックレスを見つけましたの」

「王太子様の喜ぶお顔が見たくて、新しい化粧品が欲しいのです」

毎日のように上目遣いでねだられるが、そんな姿すら愛おしい。

俺はマリアンヌやアスカより学年が一つ上だったから、先に卒業して冒険者としての旅に出なければならなかったが、マリアンヌが卒業するまでの一年間は「もう少し剣の腕を磨きたい」という理由で学院に残った。

俺の護衛たちも学生だから、俺に付き合って一年間は専門課程でさらに技術を磨く事になり、学院に残っている。

そして俺はマリアンヌこそが俺の求める女性だと確信し、社交界デビューの日に正式に俺の婚約者として認めさせようとした。

王国中の主《おも》だった貴族が集まるこの日であれば、宣言さえすれば父上も認めざるを得ないだろう。

アスカは俺に興味がなさそうだし、もし駄々をこねるようなら側室の立場くらいは与えてやろう。

そう思っていたが……マリアンヌが「アスカは元聖女である事を鼻にかけて私をいじめる」と教えてくれた。

アスカってそんな嫌な女だったんだな。

結婚する前に教えてもらえて良かった。

そんな女であれば、きっぱりと縁を切っておくべきだ。

アスカの存在は将来の俺とマリアンヌの幸せな生活の邪魔になる。

それでも俺から一方的に婚約破棄したように人は見るだろうから、慰謝料は与えておくか。

せめてもの情けだ。

結界の時の恩も少しは感じているしな。

そしてデビューの日に俺は高らかに宣言した。

「アスカ。私は真実の愛を見つけた。悪いが君との婚約は解消させてもらう」

俺は、この言葉と共に真実の愛を手に入れた。

はずだった……


翌日、アスカとキサラギ侯爵家の跡取りであるアンドリューに慰謝料を渡し、俺は三年間の冒険者生活に旅立つ。

その間、マリアンヌと会えないのは寂しいが、旅に出れば女性との出会いはいくらでもあるだろう。

父上も冒険者時代に今の第二妃以降の義母たちと知り合ったそうだし。

危険がない程度に、三年間遊び歩くか。

そう思いながら護衛の三人と共に、旅立ちの準備をしてお父様に挨拶する。

「フリオニール。この国の王になりたければ、三年間のうちにSランク冒険者になれ。それができなければ、この国は弟の誰かに任せる。それともう一つ。冒険者生活をする三年間は王太子と名乗る事は禁止だ。約束を破ればその時点で廃嫡する。また、冒険者としての収入だけで暮らせ。護衛の三人も良いな。護衛としてではなく、冒険者のパーティメンバーとして友情を深めるのだぞ。それができれば将来は約束しよう。できなければ辺境領の開発をフリオニールと共にさせる。せいぜい頑張れよ」

「父上！　そのような話聞いておりませんが」

俺は思わず国王陛下である父に詰め寄ってしまった。

「言っておらぬからな。私も先代王に同じように放り出された。その程度の苦労もできぬような男に国など任せられんと言ってな」

「父上ー」

「では、三年後にな」

こうして俺たちは三年間の冒険者生活が始まった。

だが俺の思っていたのと現実には、かなり隔《へだ》たりがあった。

俺の学院時代から付き従ってくれていたのは、騎士見習いのセーバー、斥候のブルック、魔導士のゲイルの三人だ。

この三人と各地を回りながら次期国王として顔と名を広める旅をするもんだと思っていた。

王太子と名乗れないのなら、どこへ行っても特別扱いなど期待できない。

生活費すら自分たちで稼がなければならない。

……だが、俺は学院でも三年間特別クラスですごしたエリートだ。

平民でも普通にできる冒険者という底辺の仕事など、たやすいものだ。

Sランク冒険者の資格？

どれほどのものかはわからないが、金で片付かない事などこの世界では、ほとんどないのだから、いざとなれば母上から援助を貰って資格を買えば問題ないだろう。

俺たちは王宮を出ると冒険者登録をするために、まず冒険者ギルドへ向かった。

名前と得意属性、使用武器を聞かれた。

名前か……フリオニールを名乗れば廃嫡すると言ってたな。

めんどくせーな、『フリル』でいいだろ。

属性は風、使用武器は片手剣だ。

授業ではそこそこ戦えていたし、問題はないだろう。

ギルドでランクの説明を受ける。

Sランクになれと父上に命令されたからどれだけ大変なのかと思ったが、Sランクの上に四つもランクがあるなら、そんなに大したことなさそうだ。

少し安心した。

次に「昇級試験をすれば実力次第ではCランクからのスタートも可能ですけど、どうなさいますか？」と言われた。

俺は「最初からSランクスタートになる方法はないのか？」と聞き返すと、一言、「ございません」とだけ言われた。

愛想のない女だ。

「しょうがない。Cランクからで我慢してやる。それで構わないから冒険者証をよこせ」

「話をきちんと聞かれてましたか？　試験に合格すれば の話です」

「面倒だな。それならさっさと試験をしろ。俺たちはこの四人のパーティだから、試験も四人で受けて構わないのか？」

「構いませんが、受験料はお一人様一万ゴルです。それとランクはパーティランクと個人ランクが存在しますが、パーティランクはメンバーの中で最低ランクの方の一つ上となります」

俺はいつも俺の金を持たせていたブルックに命じた。

「金を払え。四万ゴルだそうだ」

「フリル。最初に預かった金は全員分で五万ゴルだ。四万ゴル使うと、今日の宿代も残らないぞ？」

今まで丁寧な言葉で執事のような立ち位置だったブルックに、いきなり呼び捨てにされた。

「誰が呼び捨てにして良いと言った」

「あ、フリル様」

「ちょっとフリルさん？　あなたは何でそんなに偉そうなんですか？　どう見てもブルックさんの方が強そうだし、年齢も上の方じゃないですか？　そんな態度で冒険者を始めてもすぐ死にますよ」

受付の女が偉そうに説教をたれて来る。

「俺の従者みたいなもんだからいいんだよ。冒険者なんだから稼げば宿代くらいどうにでもなるだろ。最底辺からなんてやってられねぇからな。受付の女、さっさと試験を受けさせろ」

「私はキャサリンと申します。この受付カウンターにちゃんと大きく名前を表示していますけど、フリルさんは字も読めないんですか？」

「ハアッ？　さっき申込書を普通に書いたんだから、字が読めるのはわかり切った話だろ」

「だとすれば、冒険者に一番必要な観察力が不足していますね。減点です。もうとっくに試験は始まっていますからね？　冒険者は強さだけでなく、その人柄も重要になるんです。強いだけで仕事が貰えるのはせいぜいDランクまでです」

「さっさとやる事を言え。もう始まっているなら、ここでお前を斬り殺してCランクスタートでいいのか？」

「本当に話を聞かない人ですね。Cランク以上になりたいなら人柄も伴ってなければ、推薦されませんよ？　戦闘能力は下の訓練場で拝見します。今回はパーティとしての動きも見ますので、訓練教官ともう一人が相手をします。では下へどうぞ」

そう言われ、キャサリンと名乗る女に地下の訓練場に連れて行かれた。

ギルド内で酒を飲んでた他の冒険者たちが、興味深そうに、ゾロゾロついてきた。

「何なんだお前らは？」

「あぁっ？　生意気なクソガキが、コテンパンにやられるのを笑いに来ただけだ、ハッハッハ」

「おい、お前らのランクは何だ？」

「ここにいる連中はDランクばかりだな」

「そんな低いランクで昼間っから酒を飲めるとは、冒険者とは気楽な仕事なんだな。その程度の実力しかないなら冒険者なんてさっさと辞めて、ごみ拾いでもやった方がよっぽど世の役に立つんじゃないのか？」

「お前らが試験でCランクに上がれるなら辞めてもいいぜ？　その代わり、Dランクにすらなれなかったら、その上等そうな装備をいただいてやろう」

「賭けにもならんな。さっさとごみ拾いの仕事でも見つけろ」

そんな話をしてると、訓練教官のスタンフォードという四十代くらいの男が出てきた。

「お前たちはパーティのランク試験も受けるんだな？　それなら一度にやってやるから全員で入ってこい。キャサリンもこいよ」

「えー、私ですか？　こんな弱そうな子たち相手にしたら、いじめだって言われないかな？」

考えられないようなセリフを言ってきやがった。

どこまで馬鹿にするんだ。

「さぁ始めるぞ。四人で好きに掛かってこい。ここは怪我をしても外に出れば治るし、致死攻撃が当たれば外に全快で転送されるだけだから、遠慮はいらんぞ」

ゲイルが詠唱を始め、ブルックが遊撃で横に跳んだ。

俺はゲイルの横で剣を構えながらエアカッターの発動準備をして、剣で攻撃すると見せかけて魔法で仕留めてやろう。

そして俺とゲイルの前には、セーバーがタワーシールドを構えて立ちはだかる。

この布陣で負けた事はない。

ブルックの攻撃がスタンフォードとキャサリンの注意を引き付けた瞬間に、ゲイルが氷魔法を発動した。

一直線にスタンフォードを狙う。

そして次の瞬間。

ブルックの刃がスタンフォードの腕を狙ったが、すでに奴の姿はなかった。

ブルックが空振りしたと思うとキャサリンがブルックの首筋を手刀で軽く叩く。ブルックは崩れ落ちた。

スタンフォードはジャンプでゲイルの魔法も躱《かわ》し、手にした大剣を振りかぶって斬り込んでくる。

そんな大ぶりの攻撃などセーバーがやすやすと防ぐだけだ。

俺はセーバーが盾で受け止めた瞬間にエアカッターでスタンフォードを狙えばいいだけだ。

隣ではゲイルも次の魔法を準備して発動態勢に入っている。

スタンフォードの攻撃をセーバーが盾で受け止めた瞬間……

セーバーが体ごと後ろに吹き飛ばされ、俺とゲイルも巻き込んで盛大に転がる。さらに踏み込んで来たスタンフォードが、素手でセーバーの腹を殴り、気を失わせた。

俺はすぐに立ち上がり、フィニッシュ体勢のスタンフォードの首筋を狙って剣を振り抜こうとしたが、俺の真横にいつの間にかキャサリンが立っていて、盛大に俺の股間を蹴り上げて来た。

『グッシャアア』という音と共に、俺は泡を吹いて倒れた。

残ったゲイルは、両手を上げて降参した。

スタンフォードに活を入れられ、ゲイルが俺を外に運び出すと潰れた俺の股間は回復したが……

セーバーとブルックも外に出されて全快した。

「装備が立派だから少しは期待したが、お前らは全然だな。ゲイルとセーバーとブルックはそれでも役割をわかった行動ができていたからEランクで良いが、フリルだったか？　お前は全く駄目だ。Fランクスタートだな。パーティランクはEランクにしてやる。弱いんだから、無茶な依頼を受けるなよ？」

「それでは冒険者証をご用意いたしますので、先程のカウンターにお戻りください」

その後で、キャサリンは見学に来ていた冒険者たちを振り返り一言告げた。

「皆様方。先程無謀な賭けをされていましたけど、世間知らずの僕ちゃんたちをいじめるのは駄目ですからね？」

キャサリンが今日一番の笑顔でほほ笑むと、ギャラリーのDランク冒険者たちは、首をカクカク縦に振った。

その後、俺はこの受付嬢の姿を見かける度に股間が縮み上がるのだった……

悪役令嬢マリアンヌ

「何でこんなことくらいで私が王都を離れなきゃならないのよ！」

「マリアンヌ。今騒ぎたてても何も得はない。今だけは大人しくしておくのだ。王妃にさえなってしまえば、この王国の税収は好きなように使えるのだから、それまでは我慢をするんだ」

娘のマリアンヌが好き勝手に王都で買い物をし、支払いを王宮に廻《まわ》した件で王都の屋敷を処分せざるを得なくなった、セルドア・マラーリア子爵。

その子爵がマリアンヌを連れて子爵領へと引き上げている馬車の中のことである。


「王太子も私と婚約したなら、もっと贅沢させてくれるのが当然なんじゃないの？」

「国王陛下が在位中は、廃嫡される可能性だってあるんだ。他にも七人の王子と四人の王女がいるし、この国の歴史の中では、王女が王位を継承した事も何度もある。確実に王位に就くまでは下手なことをするな」

「パパが公爵になる時には『是非御用商人に』ってすり寄って来ていた商人たちはどうしたの？あの商人たちにお金を出させれば良かったんじゃないの？」

「それがな……フリオニール殿下が今冒険者活動をしているのはお前も知っているだろう？」

「そのせいで私がドレスを買う事もできないんだから、当然知ってるわよ」

「王太子フリオニール様は、冒険者活動をしている間は、王太子と名乗る事も名前を出す事も禁じられているんだが、最近王都でデビューした冒険者の中に、すごく横柄で評判の悪い冒険者がいるそうで、それがどうやら王太子様らしいんだ」

「偉いんだから、少しくらい横柄なのは当然じゃない？」

「だが、冒険者は出身など一切関係のない一律の基準で評価される。当然依頼者の評判などは重要なんだ」

「それが何の関係があるのよ」

「はっきり言って王太子が三年間の間に、Sランク冒険者になるのは無理だと判断したみたいで、そうなれば当然我がマラーリア家の公爵家への陞爵《しょうしゃく》もなくなる。そんな所に金は出せないそうだ」

「じゃぁ何？　私が大人しくしていても結局王妃にはなれないの？」

「今のままではな」

「冗談じゃないわよ。私が王妃になった時に暗部として雇い入れる約束で、王妃になった時に都合の悪い連中を始末させたりしてるのよ。それがなくなったら私が狙われるわ」

「おい、マリアンヌ。お前そんな事を本当にしでかしたのか？」

「当然じゃない。私でいい思いしたくせに、私が王太子の婚約者になったと知ったら『黙っていてほしければ、地位の保障か大金を寄越せ』なんて言ってきたから当然の報いよ」

「マリアンヌ……残念だ。お前がそんな動きをしたなら、とっくに王宮の暗部は嗅ぎつけているよ」

「だって、しょうがないじゃない？　私の何が悪いのよ」

「恐らくこのまま子爵領へ帰っても、すでに捕縛の命令が出ているな。このまま国を脱出するぞ。聖教国の生臭坊主たちには昔から餌をまいてあるから、しばらく隠れるくらいなら問題はない」

「聖教国って獣人やエルフの女奴隷を頼んできていた国でしょ」

「ああ、そうだ。表に出せん弱みを持っている連中じゃないと今のマラーリア家を助けやしない。

お前も少しは我慢を覚えろよ」

「嫌よ我慢なんて。聖教国で顔だけ良くて金持ってそうな坊主でも見つけて貢がせるわよ」

「その悪癖は直らんな。だがまだ王太子が即位する可能性はゼロではない。その辺りはうまくやるんだぞ？」

「わかってるわよ。即位してくれなきゃ困るわ」

第三章　飛空船の拡充と王国の継承者たち

ゼクスたちは海上を南下し、王都を上空から眺めながらこれから起こる出来事に胸を躍らせている。

「ダルド、王都の広域結界の外に着陸させて」

「はい。ゼクス王子、了解です」

「カールは着陸したらマジックバッグに飛空船を収納してね」

「畏まりました、王子」

飛空船を丸ごと収納できるマジックバッグを作るのは、魔石装着型では無理だった。

魔力が一番多いカールが、アスカ同様に体内の魔力を使って飛空船を収納できるバッグを作ったのだ。

それ以外の商品は、サバドとダルドが魔石使用型のマジックバッグで運んできている。

魔道具はサバド、魔法薬はダルドの担当だ。

上空を全長十二メートル、幅四メートルの飛空船が飛ぶ姿は魔獣の襲撃に見えたようで、結界の外に着陸した時には、王都の近衛騎士隊や冒険者たちが集まっていた。

飛空船の外に出ると、すぐにカールに飛空船の収納を指示し、近衛騎士団に向き合う。

「第八王子ゼクスだ。父王に謁見を求めるために戻って来た。先導を頼む」

騎士団から敬礼を受け、辻馬車を借りたゼクスが騎士団に先導させ、王宮へと向かう。

すでに上空を飛ぶ船に王都は大騒ぎになっていたので、王宮へ向かう隊列を見送る人々の数も多かった。

ゼクスは王宮に到着すると、王への謁見を求めた。

たとえ親子であっても、公務の時間であれば正式に申請をしないと面会はできない。

宰相から申請の受理を伝えられ、四人で謁見の間に向かった。


「父上、お久しぶりです。本日はスパリゾート領において学んだ事のご報告と、このギルノア王国の未来を左右するだろう提案をするため、訪れました」

思わず父王の表情は緩んだ。わずか一月《ひとつき》ほどで、ずいぶんしっかりとした物言いと自信に溢れた表情をするようになった第八王子ゼクスがいたからだ。

「聞かせてもらおう」

「まずこちらをご覧ください」

アスカが作り出した薬品類と魔道具を並べ、最後に広い中庭に飛空船も取り出した。

「宰相、鑑定を頼む」

「御意に」

薬品類を鑑定し始めた宰相の表情が、驚愕《きょうがく》に変わるのに時間は掛からなかった。

「陛下、こちらの薬品類は全てBランク以上で、伝説の秘薬エリクサーと万能薬もございます」

「何と、この薬はスパリゾート領で作られているのか？」

「はい陛下。現状ではまだアスカ様しかこの精度での錬金は行えませんが、理論は確立しているので、本当に学びたいのであれば教える事はできると仰いました」

「素晴らしいな。宰相、早速人員を選抜してアスカに預けるのだ」

「畏まりました」

「して、薬品以外の物を説明してもらえるか？」

そこからカールが魔道具の説明を始め、現在、魔法陣をサバドと共に学び、それが理解できれば、失われた魔法陣魔法の技術を世に広められると告げた。

最後にダルドが飛空船について説明する。大空を高速で航行可能なこの技術があれば、ギルノア王国が世界の覇者となりえると説いた。

さらに魔力なしと洗礼で告げられていたにもかかわらず、彼自身が魔力を身に付けて飛空船を操れる事実を告げた。

「アスカ様が仰るに、魔力がない人間は存在しません。この世界の空気中には魔素が含まれており、それを魔臓に貯め込むのはあらゆる人ができるそうです。魔力操作の技術を学び、さらに魔法陣魔法と併用すれば全ての人が魔法を使える、と」

そう言いつつ、ダルドがアスカの書いた初歩の魔法陣に魔力を通し、四属性と聖属性の魔法を使った。

「何と、アスカはこの技術と知識を表に出すと認めているのか？」

「勉強する気があるなら、暇な時に教えても構わないと仰ってますが……」

「続きを言え」

「まだ我々四人も勉強中で、他の者に教えたくないのが本音です」

「気持ちはわからぬではないが、それでも私に報告しにきたのだから、ゼクスなりに考えがあるのであろう？」

「はい、これほどの知識を王国だけにとどめておくのは、この世界の損失かと思います」

「なるほどな。して、ゼクスはどうしたいのだ？」

「私はアスカ様のスパリゾート領を国際交流都市として、世界中から種族関係なく魔法について学べる街にしたいと思います」

「素晴らしい意見だが、アスカにその気はあるのか？　あれは、神聖聖女の称号ですら簡単に手放すような娘だ。ゼクスにアスカのやる気を引き出す自信はあるのか？」

「それはやってみなければわかりませんが、アスカ様曰《いわ》く、魔法を学ぶなら、できれば洗礼の儀式を受ける前の方がより能力は高くなると。王国の援助で身寄りのない孤児を引き取り、スパリゾート領において学ばせたいと私は思います」

「ほう。そういった境遇の者であれば、今後ゼクスの思い通りに扱える優秀な部下になると考えての事か？」

「もちろん、少しはそれも考えますが、私はこの王国を継ぐ以上に、アスカ様の作り上げる新しい世界を見たいのです」

「ゼクスよ、わしは亜人差別を行う気は毛頭ない。だが、一番数の多い種族である人族は勝手に他の種族は自分たちより下だと思い込む種族だ。その考えを覆えさせ、この国の王となるのは厳しい。だがアスカと共にあれば、新しい秩序を持った国ができるかもしれぬな。可能な限りの協力はしよう。だが……」

「陛下、どうなさいましたか？」

「お前の兄どもが、どんな反応を示すのかが気になってな」

「それは私も気になっておりました。今回の私の案は、私でなくても国を思う気持ちがあり、アスカ様と接する機会があれば、思いつく話でございましょう。それぞれの兄様、姉様方に一度スパリゾート領に来る機会を差し上げればよろしいのでは？」

「ほう、ゼクスは自分がアスカに一番気に入られると自信があるのか？」

「そうは申し上げませんが、アスカ様がお認めになるなら、兄上たちにもぜひ学んでほしいと思うのです」

「フリオニールであってもそう思うか？」

「フリオニール兄上は、決して無能者ではございません。ただ、ご婚約者だったお二方が優れすぎていたのでは」

「他人に振り回されるようでは話にならん。ゼクスもその点だけは努々《ゆめゆめ》忘れぬよう気を付けるがよい」

その後、ゼクスたちが宰相と国王陛下を飛空船に乗せて王都の上空を案内すると、二人はどうしてもこの飛空船が欲しいと言い出す。

アスカ様から返事を頂けるまでは我慢してくださいと宥めるのが大変だった。

仮に飛空船が手に入っても、魔力操作を行えるパイロットの育成などいくつも必要な事がある。

帰り際、ゼクスは宰相から声を掛けられる。

「ゼクス王子。これほどの魔法陣を刻めるアスカなら、あれも使えるのであろう？」

「あれとは何でしょうか？」

「転移の魔法陣だ」

「アスカ様は冒険者活動も続けておいでで、その際は王都で活動されています。私は直接見ておりませんが、朝出かけても夜には一緒に食事をしますので、そのような移動手段はお持ちでしょう」

「そうか、わかった。国王陛下。私めが直接アスカと話してまいります。王宮とアスカ領の間だけでも、転移魔法陣の設置は必須になりそうですので」

「パトリオットよ。アスカの領地にはずいぶん素晴らしい温泉が湧いておるそうではないか？　まさか一人で温泉を堪能したいだけではなかろうの」

自ら足を運ぶと告げた宰相に、王はうらやましそうに言う。

「ま、まさか、そんな事は……職務の一環として泉質の鑑定は行わねばなりませんから、訪れる事はございましょうが……」

「何としてでも転移の魔法陣は欲しいのぅ……」

王の言葉を受けてパトリオットがゼクスに尋ねる。

「ゼクス王子。この王都からどれくらいの時間で飛空船は到着できるのだ？」

「三時間ほどでございます」

「馬車で十日の道のりを三時間とは、桁違いの速さだな。早速向かおう」

「パトリオット宰相閣下。この魔道具などの流通に関しては、私がお話をさせていただくという事で構いませんか？」

ゼクスは宰相の顔を見つつ、念押しした。

「うむ」

結界の外まで馬車で出ると宰相を乗せた飛空船は、スパリゾート領へ向け飛び立った。

「しかしこの飛空船は本当に素晴らしいな。先ほどの王都上空の遊覧飛行と違ってすさまじいスピードだ」

「パトリオット宰相、気持ちよいでしょう？」

「しかしこの船は、元は普通のクルーザーヨットであったようだな？」

「はい、そのように聞いています」

「最初から空を飛ぶ事に特化した形であれば、さらに快適な乗り心地になりそうだ。船体の両舷《りょうげん》に付いているオールなど意味がなさそうだしな」

「宰相。あれは飾りだけではなく、ちゃんと実用性にも優れているんですよ？」

「そうなのか？　どのように使うのだ」

「ちょうど魔獣が現れました。まぁ、見ていてください。ダルド、戦闘準備だ」

「了解です、ゼクス王子」

ゼクスはそう言って操縦をダルドに交代すると、サバドと共に船室内に入って行き、オールの柄を握った。

カールは甲板上に設置された魔導砲に着座する。

現れた魔獣は飛竜だった。ワイバーンよりさらに大きな体躯は五メートルを超え、両翼を広げれば十メートルもある。

「大丈夫なのか、ゼクス王子。加勢はいらぬか？」

「大丈夫です。飛竜ごときに加勢を頼むなど、アスカ様に知れたら食事抜きにされてしまいます」

「何と、十歳の王子にそこまでのスパルタなのか？　アスカは……」

飛竜が飛空船に三百メートルほどの距離まで近づく。

カールが魔導砲から雷属性の魔法を打ち出した。

ダメージは少ないが飛竜に一瞬の隙を生む。

ダルドが一気に速度を上げると、サバドとゼクスの握ったオールがきらりと光り、すれ違いざまに翼の付け根と首筋を大きく切り裂いた。

「あの硬い飛竜の皮を一撃で切り裂くだと？」

とどめを刺された飛竜が落下するのをダルドがうまく回り込み、甲板上で受け止める。

「宰相。今日はスパリゾート領の住民たちと焼肉パーティができます。ぜひご参加ください」

「すごいな。飛竜は単体でもAランク指定で、パーティでの討伐ではSランクへの推薦がされる魔物であるぞ」

「スパリゾート領周辺の森の魔物では中くらいの強さですから、この程度はできなければとても結界の外は歩けませんよ」

圧倒的な強さを誇るパトリオットでさえ、Sランクになったのは十七歳の頃だった。

ゼクスたちは自分たちの実力を将来的には上回るのかと、パトリオットは慄《おのの》いた。

何より、この強さのパーティを全くの子供扱いするアスカの実力が恐ろしい。

「そのオールはどうなっておるのだ？」

「アスカ様がミスリルのブレードに換装して魔法陣を刻まれましたので、握った時に若干の魔力を流せば、切れ味の向上と属性付与が行えます」

「それではそのオールは魔法剣ではないか。まさに国宝レベルの装備だぞ」

「あ、やはりそうですよね……アスカ様の側《そば》にいると魔法剣など錬金工房の床にゴロゴロ転がっていますので、そんなもんだったかな？　と感覚が麻痺していました」

「何とまぁ……」

呆れるように呟くパトリオットにゼクスが話しかける。

「宰相、そろそろ隣のウエストエッジ辺境伯領が見えてまいります。私たちがスパリゾート領に行く直前の水害からまだ立ち直っておらず、住民たちも苦しい思いをしているはずですが、王都からの支援などはどうなっているのでしょうか？」

「ああ、あそこのウエストエッジ辺境伯は決して悪い奴ではないが融通が利《き》かぬ奴で、『最初は何もない土地から始まったんだ。最初に戻っただけだ』などとほざいておるのだ」

「住民たちはそれでついていけるのでしょうか？」

「それができるのなら、アスカの領地に人々は来なかったのではないか？　他の住民たちはアスカの所に行きたくても、行く術がないだけだと思うぞ」

「スパリゾート領としては関係ないと言えばそれまでですが、私は王子として国民の苦難を放っておく事に憤りを感じるのです」

「あそこは領土のほとんどが海沿いに広がっているから、漁師と船大工の数が多い。だが、農地の比率は低く、隣接する森林部分はスパリゾート領と同じで魔物が極めて強いから、なかなか森林部分の開発が進まぬのだ」

ゼクス王子の考え方が十歳の子供ではないと知り、パトリオットは内心舌を巻いた。

王位に就けば良い王になるであろう。

少なくともゼクス王子がSランク冒険者になるのは、すでに現時点で確定している。

フリオニール殿下の廃嫡は確実であろう……

◇　◆　◇　◆

ゼクス君たちの乗った飛空船が戻ってきたのが見えた。

私はシルバと一緒に出迎える。

宰相も視察に見えたようだ。

「パトリオット宰相、お久しぶりです」

「久しぶりだな、アスカ。領地は順調なようだな……上空から見えたが、わずか三か月ほどでなぜこれだけの建物が立ち並び、堤防まで整えられるのだ？」

「乙女の秘密です」

「言いたくなければ聞かぬが。わしの娘もここに派遣して構わぬか？」

「宰相の娘さんっておいくつですか？」

「今は十三歳だ。元帥《げんすい》の双子の姉弟も同じ年だが、一緒に面倒を見てもらいたい。三人とも親のわしが言うのもなんだが、できは良いと思うぞ。特にブリックの子供は男女の双子で、それぞれに剣と魔法で特筆する才能を持っておる。恐らくわしたちの上を行くレベルまで育つはずだ」

「それってガイアス様並みに強くなるって事ですか？　すごいですね」

「アスカに言われてもあまりすごく思えないんだが……」

「そんな事ないですよ？　私にはドラゴンゾンビの頭に剣を突き立てるような芸当は絶対できませんから」

「魔法で消し飛ばす事はできるじゃないか」

「解体もできないし、お料理もいまだにやった事ないですし、領民の方に頼ってばかりです」

苦しい言い訳である……

シルバがゼクス君に飛び掛かり顔を舐めまわす。

私もゼクス君に近寄って狼耳をモフりだした。

ゼクス君が顔を紅潮させせながら「無事にお使いは済ませましたよ。アスカ様」と報告した。

私はゼクス君の耳を撫でつつ、宰相に言った。

「ゼクス君はすごいお勉強頑張っているから、きっと将来は期待できますよ」

「アスカよ。この領地でアスカが作っている魔法薬や魔道具は売ってくれるのだな？」

「はい。ゼクス君たちからも伝えたはずですが、このスパリゾート領に買いに来るのであれば、売ってもよいですね」

「ふむ、各領地からこぞってこの地に訪れる事は間違いないであろうな」

「ゼクス君は、そのために各領主が陸路や海路を整備するだろうから、王国中が開発景気に沸く可能性が高いと考えているようですが、宰相はどうお考えでしょうか？」

「可能性としては非常に高いな。ただし……」

「ただし？」

「飛空船は売りに出さぬのか？」

「素敵でしょ？」

「ああ、あれがあれば、世界の常識が変わるほどにな」

「国王陛下専用であればお造りしますが、今の段階では一般販売は考えておりません」

「そうか……まぁ、現段階ではその方が良かろうな。今回ゼクス王子が王都に持参した魔道具にマジックバッグもあったが、それと併用すれば恐ろしい価値になるからな」

「私も思ったんですけど、流通関係を担《にな》っている大勢の商人たちが、仕事を失ってしまいますよね」

「そこでだが、マジックバッグは一般販売でなく登録販売にしてほしい。容量によって、国が課税できるようにな」

「わかりました。それは私が作ったマジックバッグは全て、国が買い取ってくれると考えてよろしいのでしょうか？」

「当然そうなるな」

他にも王都の孤児のスパリゾート領への移住、宰相と元帥《げんすい》の子供の留学などの話も進めた。

いろいろと取り決めた後、宰相は私をじっと見て言った。

「アスカ。そなたは転移魔法陣を書けるのだな？」

「え？　いきなりですか」

「王都で冒険者アスカの活動も相変わらずしているようだし、他に説明がつかぬからな」

「確かに書けますけど、今は魔法陣を使っていません。転移魔法を覚えましたから」

「何と……すごいな。王都のわしの執務室とこの錬金工房との間だけでも構わぬから、設置してもらえぬか。何かと協力を頼むであろう」

「もしかして宰相、子供をこっちに留学させるのが寂しいんじゃないんですか？　それなら無理に来させなくてもいいのに」

「それとこれとは話が全く別だ。ここでの勉強より重要と思える事は恐らくない。娘たちの事は頼む」

「わかりました。ただし転移魔法陣の使用許可は、宰相のパーティメンバーの四名だけです。他の方は陸路での移動しか受け入れません。このスパリゾート領まで東の街道で辿り着けば、ノードン川沿いの堤防の道は安全に整備していますから、この領都には辿り着けるはずです」

「そういえば、この建物などはどうしたんだ？」

宰相の質問に答えていると一日はあっという間に過ぎ、宰相からも貴族用の邸宅なども含め、王都の空き家を紹介してもらえることになった。

街づくりも一気に捗《はかど》りそう。

宰相はスパリゾート領の住民たちとの触れ合いバーベキュー大会にも参加し、温泉を堪能した後、私が新たに書いた転移の魔法陣で王城の執務室へ戻って行った。

こちら側の魔法陣は、錬金工房の横に専用の転移部屋を造って設置した。

錬金工房だと私が落ち着かないからね。


それから二週間ほどが経過し、王都の孤児たちと、宰相と元帥《げんすい》の子弟たちを乗せた馬車がやって来た。

孤児の世話をする聖教会の修道女さんも六名ほど派遣され、他にも魔法陣と魔法を勉強させるために、宰相が面接をして選りすぐった留学生もいる。

総勢百名にも上る大移住になった。

食料はまだまだ自給率が低く、海産物以外は全く需要を満たせていないので、ダルド君たちには飛空船で食料の調達も頼むようになっていた。

普通の移住も必要だよね……

でも王都も大幅に拡張しているし、人自体が足りないからしょうがない。

やって来た子供たちには、宰相の娘リナちゃんと元帥《げんすい》の子供で双子の姉弟、セシルちゃんとスープラ君が先生役となり、基本の読み書きと四則演算の教育も始まった。

授業の一環として畑での野菜の栽培も頼んでいるよ！

畑自体は、私が土魔法で一気に耕しているから、種まきや雑草取りなんかが主な仕事だし、決して重労働ではないはず。

ホワイトな環境だよ！

リナちゃん、セシルちゃんとスープラ君、それに魔法陣を学ぶために宰相が選抜した十二名には、最初に魔力を感じて操作を覚えさせる。

それができるようになったら、カール君を講師に魔法陣の写し書きを始めてもらい、意味を少しずつ理解してもらう。

なかなか大変だけどみんな頑張ってるよ。

リナちゃんたちが来て一か月ほどが経過した。

今はゼクス君の兄弟に当たる第三王子と、姉の第一王女が見学に訪れている。

二人とも「素晴らしいです。機会を見つけてぜひ学びに来たいと思います」と視察に満足して帰って行った。

宰相に預けられた最初の留学者から二人、パイロットを育てつつ、国王陛下用に私の飛空船より大きな全長二十メートル、横幅六メートルほどのクルーザー船を飛空船に魔改造中だよ！

この船にはオールもマストも最初からなくて、居住空間がかなり充実している。

操舵席部分は艦橋《ブリッジ》になっていて、広めの甲板は平たんな作りだ。現代日本でいう空母のような形でなかなかカッコいい。

本当はもっと大きな船を用意したかったらしいけど、浮遊に必要な魔核消費量やパイロットの魔力量などを考えるとあまり大きすぎるのはお勧めしませんよ？　という私のアドバイスを聞き入れてこのサイズに落ち着いたらしい。

船内はパノラマ状に視界が確保できるように、ミスリルを練り込んだ強化ガラスをはめ込み、甲板に出なくても空の眺めを楽しめるようにした。

私が直接試験飛行を繰り返し、空中での魔獣との戦闘を想定した魔導砲は私の船では一基だけだったけど、この船では前方に二基、左右に一基ずつ、後方に二基備えてある。

魔導砲は簡単に説明すると魔力増幅装置のような物で、威力は操作する人の魔力量に応じて変化する。宮廷魔導士団から射手は派遣されるだろうね。

属性は魔導砲に刻んである魔法陣の各属性のどれに魔力を流すかで自由に選べるから、適性は関係ないお手軽仕様だ。

気に入ってもらえるといいな。

最近はスパリゾート領の住民が増え、最初に設置した浴場だけだと手狭になりつつある。

私の「スローライフのための温泉」としては、想定から大きく離れてきたので領民用の大衆浴場を別に作る事にした。

源泉は十分な湯量があるのでミスリル製の温泉配管を街中まで延長する。

男女別で百人はくつろげる広さの浴槽を用意し、日本のスーパー銭湯のような大浴場を作った。

このスパリゾート領では薬師の育成も行い、ポーションの生成にも力を入れているので、薬効のあるポーション風呂も症状別に用意した。

領民の健康は大事だからね！


「アスカ様……あの……今日も手を繋いでください！」

こうやって最近毎日のように私と手を繋ぎに来るのは、リナちゃんとセシルちゃん、スープラ君の三人だ。

「もう魔力循環は自分でできるでしょ？」

「そうなんですけど、魔臓の入口をもう少し広げられれば、もっと効率よく魔力を使えると思って……」

しょうがないから、手を繋いで魔力をゆっくりと流してあげて、魔臓の入口を押し広げるように魔力を出し入れする。

魔力の制御をうまくできないと、魔臓を広げすぎたら駄々漏れになっちゃうよ？

そんな風なのに、毎日三人で必ず通って来るんだよね。

「三人とも将来はどうしたいの？」

「「「アスカ様と共に過ごしていきたいです」」」

「はぁ？　何でそうなるのよ。あなたたちは宰相と元帥《げんすい》にこの国の未来を託されて勉強しに来たんでしょ」

「はい。もちろんそうですが、アスカ様とご一緒させていただきながら勉強するのが一番だと思いました。三人とも同じ思いです」

三人を代表してセシルちゃんが真剣な眼差しで言う。

「あのね？　私は国のためだとかそんな事で一生懸命働くつもりなんてないからね？　ここでのんびりと好きな事をやって過ごしたいだけなの」

「それでもです。きっとアスカ様なら国の一大事でも片手間で解決していただけると思います」

「そんなわけないじゃん⁉　あなたたちもある程度実力がついたらちゃんとお父様たちのお手伝いしなきゃ駄目だよ」

「駄目ですか？」

三人揃って泣きそうな顔をして見上げて来る。

まぁ、まだ子供だからしょうがないかな？

「今は一生懸命お勉強頑張って、逆に私があなたたちにずっと側《そば》にいてほしいと思えるくらいの実力をつけたらいいよ」

「「はい！　頑張ります」」

ちょっとだけ、この国の未来に不安を感じる。

三人を見るゼクス君もとても羨ましそうで、三人が帰ると必ず「私も魔臓の入口を広げてくださ
い」と言ってくるし。

でもゼクス君の場合、私は両耳を触って魔力を流すんだよ。

すっごく手触りが良くて、いつまでも触っていたくなる。

すっかり懐いて、ついて回るシルバと一緒に、ゼクス君はブルンブルン尻尾を振り回して嬉しそ
うな顔をしている。

魔法陣の勉強は流石《さすが》に難しいようで、なかなか進まない。

見た目だけ同じように書いても、刻み込む時に込める魔力が文字の意味と違えば発動しない。

この領地の公用語を日本語にするくらいの気持ちで取り組まないと無理かも。

ようやく国王陛下用の飛空船も完成し、パイロット育成もできたので、私は宰相に連絡を入れた。

翌日、陛下と宰相パトリオット様、元帥《げんすい》ブリック様、宮廷筆頭魔導士ソニア様の四人が転移魔法
陣から現れた。

「アスカ、楽しみにしていたぞ。こいつの操縦を俺たちも教わりたくてな。みんなで来た」

陛下はちょっと遊びに来た、という気軽な感じで笑う。

「良いんですか、国のトップが勢揃いでこんな辺境に遊びに来て？」

「アスカが言わなきゃ、誰もわからないから良いんだよ」

「そういう問題なんですか？」

……この国は平和だ。

陛下は完成した飛空船を見上げながら言った。

「私が命名しよう。この新時代の飛空船を『ブリュンヒルド』と名付ける。アスカよ、大儀であった。望みの物はあるか？」

「陛下。今は別に褒美はいりませんが、飛空船の建設、改造費とパイロットの育成費はちゃんと払ってくださいね」

「もちろんだ。この技術は他国へ提供しないでほしいが、それは受け入れてもらえるかな？」

「他国との交渉など、私は関わりたくありません。全て宰相にお任せします」

私がそう言うと、陛下は宰相と顔を見合わせ、安堵したように笑った。

宰相は辺りを見回して尋ねる。

「リナとセシル、スープラの三人はどうだ？　しっかり勉強しておるか？」

「そうですね、三人とも頑張っていますよ。王都から連れて来た孤児やここの領民の子供たちの先生役をしてくれているので、とても助かっています。本人たちも人に教える事で基本を再確認できますので、実力もかなりついていますよ」

「そうか。アスカがそう言ってくれるなら問題はなさそうだな。以前、飛空船でこちらに来た時、ゼクスたちは飛竜を倒しておったが、あの三人もできるのか？」

「飛竜程度なら問題ありません。毎日辺境伯領近くの森で狩りをしていますから、今ならレイド級の敵以外なら三人で十分ですね」

「それはすごいな。それだと戦力は十三歳にしてSランクに達していることになるぞ」

「ただ……」

「ただ、どうした？」

「一生ここにいたいと言っていましたから、早めに連れて帰った方が国のためには良いかもしれませんね」

「それは真の話か……一度本人たちとしっかり話しておこう」


宰相が領主らしい館を準備しろとうるさいので、元公爵様の空き屋敷を街の中央部分に移築し、領主館として使い始めた。

建物自体は古かったけど、私は自分でリフォームできるから問題ナッシング！

最近あんまり冒険者活動で王都に行けていないから、カトリーヌさんの宿で借りているお部屋がもったいないよ。

それでもスパリゾート領には、まだ冒険者ギルドや商業ギルドがないから、領民たちに解体してもらった魔物は定期的に売りに行かなきゃいけないけどね。

宰相に頼んでみようかな？　商業ギルドと冒険者ギルドのスパリゾート支部の設置。

それができたら、一気に冒険者や商人さんたちも移住してくれるようになるかもしれない！

◇◆◇◆

国王陛下一行が遊びに来て半日ほど滞在し、帰ってから数日後。

「アスカ様、隣のウエストエッジ辺境伯領から使者が訪れております」

「何事かな？」

領主館でリナちゃんとセシルちゃんの魔力循環をしていると、スープラ君が使者を伴って私のもとにやって来た。

「お初にお目にかかります、私、ウェストエッジ領に仕えております者です。突然の訪問、真に申し訳ございません。ウエストエッジ領において民衆の一揆が起こりました。すでに辺境伯様が討ち死にされ、ご子息のゴードン様が籠城されている状況です。ゴードン様へのご助力をお願いできませんか？」

使者のいきなりの要請に私は焦った。

「王都への連絡はしているのですか？」

「早馬は出しましたが、果たして無事に辿り着けるかどうか……たとえ辿り着いても王都からの援軍が来るまで、一週間はかかってしまいます。とても持ちこたえられるとは思えません」

「わかりました。すぐに現状把握をして必要な対処を考えましょう」

ゼクス君を呼び、サバド君、ダルド君、カール君、スープラ君、セシルちゃんの六人で飛空船による上空からの視察の指示を出した。

「危険だから、決して領民と直接交渉を始めようなどと思わないでね。私は宰相に連絡を取って対処方法を相談するから」

「「「はい、アスカ様」」」

六人が飛空船で出発すると、私は転移で王宮へと向かった。

宰相は陛下と相談して、元帥《げんすい》とソニア宮廷魔導士を対処に当たらせる事にした。それぞれの部下十二名ずつを飛空船に乗せての出動だ。

私は一度転移でスパリゾート領に戻り、領主館で待つウエストエッジ辺境伯の使者へと向き合う。

「ブリック元帥《げんすい》に連絡を取りました。取り急ぎこちらに向かわれており、およそ三時間で到着されるはずです。なぜこのような状況になったのですか？」

「大雨での水害以降、一向に復旧が進まず、困窮した状態で住民たちの不満が募ったようです」

「一揆に参加している住民はどの程度ですか？」

「ウエストエッジ辺境伯領の全住民およそ十二万人のうち約七万人が参加しています。それに対して辺境伯領各地の領軍は三千人程度でしかありません」

「絶望的ですね……参加してない人たちはどうしているのです」

「一揆の被害にあった商家や争いを好まない人々は辺境伯領から逃げ出す事に必死で、こちらのスパリゾート領にも航路で向かい始めています」

「わかりました。我が領で援助できるのは、逃げ出した方々の受け入れ程度しかありませんが、ノードン川の河口でその準備を整えます」

その後、状況視察から戻ってきたゼクス君たちにスパリゾートの領民を指揮してもらい、河口沿いに難民避難所を用意した。

元は川向こうの村落から逃げ出してきたスパリゾート領民は、同じ境遇の人々のために一生懸命炊き出しなどを準備している。

海路で避難民が乗った船が続々と押し寄せてきた。

およそ百艘の漁船にそれぞれ三十人程度乗っているようだ。次々に川べりに船を繋ぎ避難民が降りてくる。

ここではゼクス君に活躍してもらおう。

船から全員が降りると、ゼクス君は音声拡大の魔法陣を刻んだメガホン型の魔道具で話し掛けた。

「ギルノア王国第八王子ゼクスです。皆さんの保護は王国が責任を持って行います。まずは温かいご飯を食べてください。お腹を満たした後、スパリゾート領の温泉に浸かり、疲れを癒してください。今回の騒ぎは、必ず王国が責任を持って解決させていただきます」

ゼクス君、なかなか名演説だよ！

各船の船頭たちを集め、他にもまだ避難民がいるか確認すると、この三倍以上の希望者がいるらしい。

こちらが避難民の受け入れ準備を始めた頃、ブリック元帥《げんすい》の乗った大型飛空船ブリュンヒルドも到着し、ウエストエッジ辺境伯領の領都上空に影を落とした。

流石《さすが》に受け入れ施設が不足しそうだ。対策を練るため、私は転移で王宮へと飛んだ。

宰相の執務室へ直接転移すると国王陛下もその場にいらっしゃった。

「アスカ。状況を教えてくれ」

私は現状わかっている部分の状況を説明した。

「今回は私のミスだな。もう少し強く辺境伯領に介入しなければならなかった」

「国王陛下、今は反省するより避難民をどうするのか、考えるのが先かと」

「アスカに良い手段はあるか？」

「三千人もの集団が寝泊まりできる、屋根のある施設と寝具が必要ですね。移築は私が行いますから、兵舎のような施設をできるだけ提供してください」

陛下は深くうなずき、すぐさま宰相に指示を出す。

「わかった。パトリオット、すぐに王都の兵舎を明け渡すように指示を出せ。寝具も兵舎の物をそのまま使わせればよい。避難民たちの食料はどうだ？」

「流石《さすが》に数が多いので、食料も備蓄が全く足りません」

「王宮に備蓄している食料を出そう。問題は一揆の方だが、収まりはつくのか？」

「そこは元帥《げんすい》様と奥方様が行かれているので、お任せしておりますが……」

「ん？　どうした」

「相手は国民で、生きるために必死で起こした事ですから、できるだけ穏便に収めていただきたいと思います」

「しかし、一揆勢は辺境伯を殺害したと聞いている。そうなれば無罪で解放というわけにもいかぬ。これを許せば国はすぐに立ちゆかなくなる」

「今回の一揆は、大雨による河川の氾濫が原因です。国がスパリゾート領南側の大森林とウエストエッジ辺境伯領の河川工事を行い、その人員として一揆の参加者を雇う事で落ち着かせてもらえませんか？」

「ふむ、刑務作業とすれば罪の償いとなるから、他領への顔も立つな。元帥《げんすい》に伝えて一揆の首謀者たちとの会談の場を用意できるか？」

「それは私が元帥《げんすい》と首謀者の双方に伝えましょう」

「頼むぞ、アスカ」

それから私は宰相と共に兵舎を回り、次々とノードン川の堤防に併設するような形で移築した。兵舎として使用されているのだから、最低限の設備と生活用品は何とかなる。

内部は少しずつ整えればいいだろう。


スパリゾート領に帰るとダルド君だけを連れて飛空船で飛び立ち、ウエストエッジ領上空のブリュンヒルド号へと近づいた。

飛空船が二隻に増え、一揆勢がかなり戸惑っていることがわかる。

まず私は元帥《げんすい》宛に陛下のしたためた指示書を手渡した。

次に飛空船の高度を下げ、領都に立てこもっている領主軍に声を掛ける。

「争いからは何も生まれません。ましてや領主軍と領民の争いなど、国王陛下も大変お嘆きになっています。今から領主軍の方々は元帥《げんすい》の座乗する大型船ブリュンヒルドでスパリゾート領に一時避難していただきます」

続いて地上から飛空船を見上げている一揆勢に話しかける。

「避難終了後にブリック元帥《げんすい》の立ち会いのもと、ゴードン様と一揆勢の代表者との間で話し合いを行います。避難中にもし攻撃行為を確認すれば、問答無用で一揆勢を殲滅《せんめつ》します」

海に向けて特大の魔法を飛空船の上から放つ。

その魔法を見た一揆勢の手から次々と武器が投げ出される様子が見えた。

この時点で一揆は終結したと言っても良いだろう。

元帥《げんすい》がため息をつきながら話しかけてくる。

「アスカ。俺たち必要か？」

「私はただの隣の領地の人です。私からこの土地の領民に話す権限など微塵もないですからね？」

「まぁ、そう言えばそうだが、いっそのことアスカが纏めて面倒見てしまえば、簡単に収まるんじゃねぇのか？」

「そんなの私が決める権限、ないですし」

ソニア様は面白そうに笑った。

「私が、陛下に言ってあげるわよ」

「ソニア様、そんなの困ります。私、体一つしかないのでこんな広い領地を貰っても持て余しますよ。遊ぶ暇が全くなくなるじゃないですか」

「まぁ、その話は後回しだ。とりあえずこの領都の兵たちを全てスパリゾート領に移送するんだな？」

「はい、お願いします」

　結局、私は上空で待機し、ブリュンヒルドで十往復ほどして領都軍の移送を終わらせた。

　その後、元帥《げんすい》がウエストエッジ領都に降り、私は何か動きがあればすぐにでも一揆勢を殲滅《せんめつ》できるポーズで、上空に攻撃魔法陣を発動待機させていた。

　一揆勢の人たちは絶望の表情で代表者を送り出していた。


「一揆は無事に収まったが、一揆に参加した住民七万人をこのまま解放するわけにもいかない。今回は喧嘩両成敗の形になるが、私の提案を聞いてくれないか？」

　交渉が終わった後、私は陛下から呼び出しを受け、拝謁した。

「陛下、どんな内容でございましょう。でも……聞くだけですよ？　何かやれと言われたら、逃げるかもしれないですからね？」

「今回の一揆に参加した住民たち全てを、辺境伯領内の河川工事に三年間従事させる。逆に言えばそれ以上の罪には問わぬ。そして辺境伯家を含む領内の六つの地方領主家は全て王都で法服貴族として勤めてもらう。残念ながら亡くなった辺境伯の爵位は長男に相続させるが、爵位は伯爵家に下がる。そしてこの辺境伯領は、フリオニールを除く七男四女の王位継承権所持者にそれぞれ人員を与え、領地の復興活動に取り組んでもらう。期限は三年。この結果次第で次の王が決まるだろう」

「そうなんですね。でも辺境伯領の中でも発展している地域とそうでない地域の差はありますよね。その辺りの振り分けは不公平になるのではないですか？」

「十一地区に区切った辺境伯領を年長者から順に選ばせる。年長者がより有利であるのは、通常の相続においても変わらぬのだから、それはしょうがない事だ」

「あー、言われてみれば確かにそうですね。でも評価の基準はどうされるんですか？」

「都会的に発展させるより、より多くの領民がその地域に住みたいと思う順に上から順位を付ける」

「その基準は各ご子息にお伝えするのですか？」

「当然伝える。たとえ王位を継げない場合も結果次第でそれに応じた要職を与えよう」

「良いんじゃないでしょうか。不公平とは思いません」

「ただし、その期間、王宮からは最初に人員を用意する以外は一切支援をしない。なかなか復興が進まないだろうが、王宮以外に支援を求めるのは自由だ」

「へぇ、政治力も求めるのですね」

「その通りだ。国内に五十ある各領主とうまく連携し、援助を求め、自分の担当地域を発展させる。それができれば次の王としての手腕も当然期待できる」

「そう決まっているなら、私に言わなくてもそれぞれ頑張る！　でよろしいのでは」

「まぁな。だが一揆を起こした住民七万人がいるのだ。全く問題が起きない保証はない。というわけで、表面上、ウエストエッジ辺境伯領はアスカの領地に含まれるとする。それであれば一揆勢が暴挙に出る事はないと、ソニアからの助言もあったからな」

「えぇえ。それって問題があったら私に対処しろという事ですか？」

「そうだな。だが、基本は各々に任せてやれ。……ウエストエッジ辺境伯領は本日より、スパリゾート領、ウエストエッジ地区となる。頼むぞ、アスカ元爵」

「えぇえぇえ、酷《ひど》いです。王子たちがいなくなった後、結局私が面倒見なきゃいけないんでしょ？」

「アスカも人を集めれば良い。領地は広大であるから、そなたが推挙した者に私が爵位を認め、アスカの寄子《よりこ》として地方領主にしていけばよかろう。王都で募集をかければ貴族家の三男以下の者ならば殺到してくると思うぞ？」

「私が他領からスカウトするのも認めていただけますか？」

「出身領の領主と話をして了承するのであれば構わぬ」

「わかりました。ウエストエッジ領は当面は手を付けません。あ、ゼクス君もどこかを担当するって事ですね？　お付きの三人も一緒ですよね」

「そうなるな、パトリオットとブリックの子供たちは残すので構わぬだろう？」

「しょうがないですね……いつかは旅立つのだから」

こうして、領地を倍に増やされて、王子たち全員のお守りを仰せつかった。

何だか不安いっぱいだ……

でも陛下の言質《げんち》は取ったから、久しぶりに私の出身地に顔を出そう。

呼びたい人物を三人ほど思い浮かべる。

キサラギ領もずいぶん久しぶりだよね。

◇◆◇◆

「アンドリュー兄様、お久しぶりでございます。お義母《かあ》様もお久しゅうございます。先代様の容体《ようだい》はいかがですか？」

「アスカよく来た。いや、元爵様とお呼びしなければ不敬になりますね」

「ちょっと兄様、おやめください。公には存在せぬ爵位ですので、むしろ触れていただくのは困ります」

「そうか、すまなかった。今日は何の用だ？」

「領民が増え、とても手が足りなくなりまして。人を融通していただきたく伺いました」

「ふむ、誰を求めているのだ」

「まず、フーバー男爵を譲っていただきたいですね。それと……お父様とイレーナ姉様にお話を聞いていただきたいのです」

「な、姉上と父上に？　父上はアスカの婚約破棄から体調を崩されて、今も自室に籠っておられる。姉上は徴税の帳簿を付けておられるので、今からお呼びしよう。フーバー家に関しては、本人が行きたいと言えば許可する」

「わかりました、まずお父様のお部屋に伺います」

私は婚約破棄の一件以来、初めてお父様にお会いする事になる。

「アスカでございます。入ってよろしいでしょうか」

「おお。久しいな、アスカ元爵様」

「お父様、なにへりくだっているんですか！　大体お父様はまだ四十になったばかりでございましょう。ちょっと社交界で笑い者にされたという理由でいつまでもウジウジされていらっしゃっては、アンドリュー兄様もお困りですよ？　お父様にはまだ働いていただきます」

「何を言っておる。わしはもう隠居した身だ。領内の事はアンドリューに任せてあるし、別段問題はない」

「駄目です。却下です。お父様は元爵命令でスパリゾート領に来ていただき、お手伝いをしていただきます。ろくに領地経営を教えてくださらなかったから、今、とっても困っているんです。私にちゃんと教えるまでは楽なんかさせませんから！　それと……スパリゾート領には体に良い温泉が湧いております。お体の調子などすぐに良くなります！」

「アスカ……この不甲斐ない父を必要と言ってくれるか。わかった、ギルバート・キサラギ、アスカ元爵のもとに馳せ参じよう」

あとはイレーナ姉様。それからサリアの旦那のフーバー男爵だね。

「アスカ、ずいぶん偉くなったらしいわね。お父様が貴女の話が出る時だけは嬉しそうにしているのよ」

姉様の部屋に向かうと、早速話を振られる。

「お父様はまだ四十なんだから隠居なんてさせないし、私の領地で働いてもらいます」

「え、そうなの？　よく説得できたわね」

「説得なんてしませんよ？　元爵として命令しました！」

そう伝えると、ちょっと楽しそうな表情で返事が返って来た。

「酷《ひど》いわね……それで行き遅れの私に何の用かな？」

「姉様にはきちんとお願いいたします。どうか私を助けてくださいませ。スパリゾート領とウエストエッジ辺境伯領の二つが私の直轄地となってしまい、予算も莫大になります。私、領地経営なんて勉強していないので、チンプンカンプンなんです」

「私に結婚させないつもりなの？」

「姉様にも陞爵《しょうしゃく》していただいて、婿を五人くらい取りましょうか？」

「ぶっ、旦那が子供産んでくれるならそれでいいけど、一人で十分よ。私は恋愛結婚しかしませんからね？」

「じゃぁ、了解でいいですね？」

「今の会話のどこに了解の要素があったのかな？」

「だって、もうやる気満々でしょ？」

「わかったわ。いつから行けばいいの？」

「え？　今すぐに決まっているじゃないですか。これから私とお父様と一緒にフーバー男爵家に行っていただきます。その後そのまま、スパリゾート領へ向かいます」

「ちょっとアスカ、あんな場所まで一体何日かかるのよ？」

「姉様、今からちょっとびっくりする事がたくさんありますから、少しずつ慣れてくださいね」

カーラ義母《かあ》様とアンドリュー兄様に挨拶してキサラギ家の庭に出ると、マジックバッグから飛空船を取り出した。

「何と。これはすごいな」

お父様の目がちょっとキラキラしている。

この様子ならきっと大丈夫だね！

飛空船に身の回りの物だけを持って乗り込んでもらい、フーバー男爵領まで移動した。

ちなみに侯爵領や辺境伯領、伯爵領は日本の県くらいの広さだよ。

その中に寄子《よりこ》という立場で、市町村規模の領地を管轄する子爵、男爵、準男爵という爵位を持った貴族家が存在するの。

三男のアンジェロ兄様は子爵として、キサラギ領の領都の次に大きな街を治めている。

次女のナタリー姉様は王都の法服伯爵家の正妻として、嫁がれている。

このキサラギ侯爵家で寄子《よりこ》の貴族家は三十ほどあるよ。

私の領地の広さは王都近辺の侯爵領に比べて広大だけど、街はまだ領都しかないし、人口もやっと二百人ほどしかいない。

ウエストエッジ辺境伯領は人口十二万人くらいだけど、領土全体で四つの街しかない。

小さな村落はいくつもあるけど、魔獣が存在する世界だから生きていくのは大変だ。

現在、キサラギ領で人口約五千人の規模の街を治めているのが、サリアの嫁ぎ先であるフーバー男爵家だ。

サリアからの手紙によると真面目だけが取り柄のような人で、大事にしてもらっているらしい。

「アスカ様ー、お久しぶりでございます。それに先代様にイレーナ様まで、何事でございますか？」

「サリア、早速だけど引っ越しの用意して？」

「何を仰ってるんですか、アスカ様」

「何をって？　フーバー男爵はどこかな？」

「街の人たちと一緒に農作物の刈り入れの手伝いに出かけておりますよ？」

「この街の領主なのに？」

「だからこそです。そんな旦那様ですから、私は愛しているのですよ？」

「まぁいいや。フーバー男爵のもとに連れてって」

それから一緒に男爵の所に出かけた。

直接は面識がなかったから、お父様に紹介を頼む。

「おーい、フーバー」

「あ、御館様。失礼しました。先代様。お体の具合はよろしいのですか？」

「ああ、ちょっとゆっくりもしていられない状況になったから、仮病はやめだ」

「………お父様……今、はっきりと言い切りましたね？　仮病って」

「まぁ良い、フーバー、ここは他の者に任せ、わしと一緒にこい。面白いものを見せてやるから」

「久しぶりにお顔を拝見したと思えば、無茶を仰いますね」

「フーバー男爵、初めまして。スパリゾート領のアスカと申します」

「あ、サリアがいつも話している、アスカ様ですか？　どうなさったのでしょう」

「ちょっと私の領の面倒を見てほしくて頼みにきました」

「意味がわかりませんが」

「お受けいただけるならば、詳細は説明いたします……返事はどうなさいますか？」

「サリア。どうすれば良いのだ？」

「行くべきですね、旦那様」

「……わかった。アスカ様、行きましょう」

「ありがとうございます、フーバー男爵。これよりスパリゾート領並びにウエストエッジ領、私の代理として統治を頼みます。爵位は陞爵《しょうしゃく》します。ラルク・フーバー名誉伯爵、よろしくお願いします。この爵位は現時点では世襲できません。しかし、スパリゾート領が一定の発展を遂げた時点で世襲可能な爵位となります。お父様と姉様も一緒に着任されますので、仕切りは任せました」

「あの？　アスカ様は何を？」

「私は冒険者活動を頑張ります。私の領内は魔獣だらけですから、今のままじゃとても開拓なんてできませんので」

「アスカ様、この領地の引継ぎは？」

「今から一週間以内に、アンドリュー兄様が指名される方に引き継いでください。私はその間に、フーバー伯爵家にふさわしい屋敷を準備しておきます。執事や侍女などは、基本ここから連れて来ていただけますか？　お父様と姉様は一度スパリゾート領に来ていただき、状況を見た上で必要な事を仰ってください」

一度キサラギ侯爵家へ戻り、アンドリュー兄様にフーバー男爵から了承を貰ったと伝えた。兄様に一週間以内での引継ぎする人事を頼み、飛空船でスパリゾート領へと向かった。

飛空船から眺める光景にお父様も姉様も感動していたよ。

……いずれダルド君もゼクス君もいなくなる。また新しいパイロットを育てないといけないし、忙しくなるなぁ。


スパリゾート領は大いに賑わっていた。

まず、ウエストエッジ地区から避難して来た住民の方々が三千人近くいる。スパリゾート領の温泉の魅力に取りつかれちゃって、帰還希望者が一人もいなかったため、一気に人口が増えちゃったんだ。

こんな人数管理するとか私には絶対無理！　早速イレーナ姉様に丸投げしちゃったよ！

私のやるべき仕事は、まずは住環境を整える事かな？

まず商業と冒険者の二つのギルドに新拠点作成の要請を出した。

すでにウエストエッジ地区には存在しているんだけど、辺境伯領は王子たちの王位継承権争いの場になるから今は手が付けられない。

お父様には一揆を起こした人たちが行う河川治水工事の総監督を頼んだ。

ハードワークだけど「領内の広範囲移動のために、飛空船一隻用意してくれたら受ける！」って目をキラキラさせて言うもんだから、小型の六人乗りサイズを一隻作ってあげた。

操縦も自分で覚えたいらしく、王都から研修に来ている子たちと一緒に教えたよ。

今はリナちゃん、セシルちゃん、スープラ君の三人も、ある程度操縦できるから、スープラ君にはお父様の副操縦士として常に付き添ってもらっている。

ウエストエッジ地区には河川がかなり多い。今の状況だと大雨が降るたびに川の流れる位置が変わる困った状況の場所が多くて計画的な治水は絶対に必要だ。

一番大きなノードン川は、人力だと何年かかるかわからないほどの大仕事になりそうなので、そこだけは私が手掛けた。

現状はまだ王国の直轄地であるノードン川沿いは、陛下に許可を取ってから取り組んだけどね。

南側に川幅を約二百メートル広げて堤防を作り、モミジの樹を五十メートルおきに植樹した。

秋の紅葉狩りも楽しみ！

前と同じく、聖教国とスパリゾート領を分ける山脈に三か所ほど大きなトンネルを土魔法で掘り進め、聖教国まで二十メートルくらいまでで止めてある。そのトンネルを掘った時に出た土を堤防に使ったのだ。

サリアと旦那様のフーバー名誉伯爵もスパリゾート領に着任してもらった。

商業ギルドと冒険者ギルドも支部の設置を認めてくれ、人材も送られてきた。

何と、王都の冒険者ギルドからはキャサリンさんが大抜擢で支部長として赴任してくれた。

商業ギルドの横には大きな旅館も建設する。

旅館業務を任せる人の選定を商業ギルドに頼んだら、私が王都でいつも利用していた『バラの誓い』のオーナー、カトリーヌさんが手を挙げてくれた。そうして全五十室の大型旅館が開業した。

「私のお肌と美貌を保つために、温泉施設がある街は大きな魅力だったの。こんな嬉しいお話はないと思って、真っ先に手を挙げさせてもらったのよ。よろしくね、アスカ様」

相変わらずはち切れそうな二の腕と分厚い胸板の筋肉をピクピク震わせ、乙女チックな絶対領域を主張した衣装で身体をくねらすカトリーヌさん。言い表せないほどの頼もしさを感じるよ！

領都は一気に賑わってきたけど、一つの県ほどの広さがあるこのスパリゾート領に、領都の街だけでは少し寂しい。

さらに街を作ろう。

冒険者ギルドもできたので、冒険者もある程度の数は流れてきた。

この領地ではポーションをはじめとした魔法薬を他の街より安く用意している。冒険者たちは喜んでいるよ。

でも、他の領地に比べると魔物がとっても強いから、ある程度のランクの人じゃないと、なかなか厳しい。それだけが心配だ。

一方のウエストエッジ地区では、陛下によって分けられた十一のブロックにそれぞれの小領主として王子や王女が次々と側近と近衛の兵士を従え、入領してきた。

元々領都だった街には、第一王女のミカ様が入った。

残り物をあてがわれたゼクス君は、私の領地に逃げ込んで来た最初の人々の出身地である、ノードン川を挟んでスパリゾート領と接している廃村に入植した。

三人の側近と近衛の兵百人を引き連れ、一からの出発となる。

ここで重要な事はどれだけ他の地方領主と仲良くし、物資や人材、移住の話を進められるかだ。

ゼクス君がもし頼んできたら協力してあげようかなと思っていたんだけど、ゼクス君は「アスカ様、私はすでにアスカ様から多くを学んでいます。ダルドたちも一緒にいるし、兄様たちに負ける要素なんてこれっぽっちもありません！」と、何だか頼もしい返事がきたよ。

住民はゼロだけどね！

「住民がゼロだからこそできる、機能的な街づくりってあるじゃないですか。このスパリゾート領のように」

「前向きだねぇ、ゼクス君。応援しているから頑張ってね！」

そう言いながら狼耳をわしゃわしゃしてあげると、うっとりしていた。

ゼクス君を見つめる護衛の三人は指をくわえてうらやましそう。

ダルド君とカール君はまだ許せるけど、サバド君は私と同じ歳だから可愛くないよ！

すでに私はノードン川の堤防工事を終えているし、考えてみれば現段階ではウエストエッジ地区では一番安全な地域かも。

しかもこのスパリゾート領で過ごした間に鍛えられたから、魔物との戦闘に関してはSランク程度の冒険者と同等の実力はある。

そう言えば、最近レイドに全然呼んでもらっていないから、私はAランクのままだ。

王都でレイドに指定される魔物は、スパリゾート領の森林だと普通にウロウロしている。

機会があれば呼んでほしいと頼んでおこう。


王都から王子たちがやってきて一月《ひとつき》が経った。

この頃になるとウエストエッジ地区内の開発において、政治的な動きも出てきた。

まず、このギルノア王国には現在五人の王妃様がいらっしゃって、それぞれ子供をもうけていらっしゃるんだよね。

第一王妃　スターシャ（人族）元聖女
第一王子　フリオニール　十七歳
第三王子　フルフト　　　十五歳
第二王女　フーガ　　　　十三歳

第二王妃　カレン（エルフ）
第二王子　アレキサンダー（ハーフエルフ）十五歳

第三王妃　サユリ（人族）
第一王女　ミカ　　十六歳
第四王子　ミツキ　十四歳
第五王子　コウゲツ　十三歳

第四王妃　エレノア（人族）
第三王女　ラズベリー　十三歳
第四王女　ストロベリー　十三歳
第六王子　スイーティオ　十二歳

第五王妃　ウルル（獣人族・狼獣人）
第七王子　ゼータ（狼獣人）　十二歳
第八王子　ゼクス（狼獣人）　十歳

この中で、フリオニール様を除く十一人がそれぞれ領地を担当しているけど、本人だけでなく、各王妃様の思惑も絡み、実質は四つの勢力の力比べとなっている。

第二王子アレキサンダー様はハーフエルフであり、眉目秀麗な王子様だ。けれど王位には興味がなく、趣味の植物研究に没頭させてくれる者を支持すると宣言した。その宣言に同意したミカ様と共同戦線を張り、領地も隣り合わせた。

本命の第一王女ミカ様は、弟君の第四王子と第五王子を従えて、十一の領地のうち兄弟の治める四つの領地を計画的に発展させる作戦だ。

もちろん、元領都はミカ様が治めている。

第二勢力は第三王子フルフト様。ここには第二王女と第三王女、第四王女の三人が協力している。王女様三人は同級生で、ラズベリー様とストロベリー様は双子だ。

領地は、ウエストエッジ地区の中では南の四つ。

第三勢力は第六王子のスイーティオ様。ゼクス君のお兄さんである第七王子ゼータ様が同じ年だ。ゼータ様は子供の頃から一緒に遊んだ関係としてスイーティオ様に協力を申し出た。

領地はゼクス君の隣二つだけど、ゼクス君との領地の間は最も水害が激しく、船でないと渡れない状況だ。

元々は橋が架かっていたらしいので、お父様の指揮する河川工事がある程度進めば、橋の建設には協力してもいいかな？

元々ウエストエッジ辺境伯領に住んでいた十二万人の人口のうち、七万人が一揆を起こして領地を混乱させた罰として、各領地を流れる河川工事に駆り出されている。

そして残り五万人のうち、避難民を含めたおよそ一万人が、スパリゾート領へと移住している。

つまりウエストエッジ地区の人口は、現在四万人だ。

しかもこの四万人ほぼ全てが、商人や船大工などの技術者。

メイン産業の漁業や農業従事者は一揆参加者だったため、河川工事に駆り出されている。

そしてゼクス君。王位に興味があるというより、各兄姉がどう考えているか見極めたいという理由で、一人での開発を選んだらしい。

王位継承権を争っていても、兄弟同士で仲が悪いわけではない。

誰が競争に勝ってもフリオニール様以外が王になるなら、問題はなさそうだ。

今は一応、私の領地だけど、問題が起きて助けを求めてこない限りは、手を出さない事になっている。三年間無事に過ごせるといいね。

具体的に私が手を出すのは、領民の命の危険があるような事態が起こった場合だけ。

心配なのは、魔獣の強さが王都近辺とはレベルが違うことかな。


さらに半年が経ち、ミカ様は親戚筋の侯爵領から順調に移民を増やし、四つの領地の合計で三万人の人口に到達している。

主要産業は海運事業と商業だ。

冒険者ギルドと商業ギルドがあるので、当初は冒険者もそこそこいたそうだ。

でも、現在スパリゾート領ではポーションなど魔法薬が安価に流通しているので、圧倒的にスパリゾート領にいる方が便利だと、冒険者の数が大きく減っているらしい。

フルフト様は農業に力を入れている。

辺境地の中でも王都に一番近く、商業にもこれまでより積極的だそうだ。

水害も一番少なく、ウエストエッジ地区で消費する農産物の八割はフルフト様の管轄する四つの領地から産出されている。

現時点では二万三千人ほどの人口を抱えている。

スイーティオ様の領土は漁師と冒険者がほとんどで、地区内のたんぱく源を供給している。農業は豆類が主要栽培物だ。

広い海岸線に面しており、都会化が進んでいない。塩田事業などにも取り組まれ、なかなかバランスの良い経営だ。

人口は一万二千人ほどだよ。

そして、ゼクス君の領地はひたすら開拓と整備を続け、移住者も土木系の人間ばかりを誘い込んでいる。土地や道路を整えているけど、これといった産業はまだ用意していない状態だ。

私はゼクス君と三人の側近の能力が高い事も知っているし、不安はないよ？

立派な港は用意していて、漁船の停泊地として無償開放している上に、この世界では最先端の造船工場の建設に着工している。

でも……工事中ばかりで住めるところはあまりなく、実際の人口は二百名ほどだ。

街は一番綺麗な気がする。

何もかも流された後からの復興で、ノードン川の堤防工事を私が完成させた事もあって、安全面を考えればかなり将来性はありそうだ。

移民の受け入れは意図的にやっていないんじゃないかな。


私のスパリゾート領は領地経営のプロが来たから、そりゃぁ賑わっている。

ノードン川沿いに作った広く安全な街道は流通の要だ。

主要産業である高級ポーション類と便利な魔道具を求め、毎日多くの馬車が遠くから訪れ、さらに治療効果の高い温泉の存在が観光客を呼び込む。

私自身も国中から集まって来る冒険者ができるだけ安全なように、ノードン川沿い四キロメートルおきに五つの街を作った。

カトリーヌさんが宿場を積極的に展開し、商人にも冒険者にもとても評判がいい。

次の一年間でこの五つの宿場町から北に向け、国境の山脈まで延びる街道整備を行うつもりだ。

イレーヌ姉さんの指示を受けて、リナちゃんとセシルちゃんが積極的に整備の采配を振るっている。

私は冒険者として、スパリゾート領全土で強敵が現れた時の対処を中心に頑張っているよ！

多くの場合、飛空船からの砲撃で終わるけどね……

それでもレイドクラスの魔物をかなり討伐したお陰で、この半年間でランクはＳＳＳまで上げた。

頑張ってるでしょ？

キャサリンさんが、冒険者の広告塔になるにはそれなりのランクが必要だって、強烈に押してきたんだ。断れなかったんだよね……

Sランク以上になると冒険者は「二つ名」という通称で呼ばれるのが普通らしい。これは公的な呼び名じゃなくて冒険者の間で呼ばれる尊称みたいな感じだね。

例えば、宰相のパトリオット様の「賢者」や元帥《げんすい》のブリック様の「剣聖」がこれに当たる。

私に付いた二つ名は「深淵聖女《アビスセイント》」……格好良いと言えばいいんだけど……厨二な心がうずく感じだ。

王太子殿下の悲劇②

アスカがウエストエッジ辺境伯領の一揆に対応していた頃、フリオニール率いる冒険者パーティは次の依頼を受けるためにギルドへ向かって道を進んでいた。

「フリル様。王宮の動きの噂話を仕入れてきました」

「どんな内容だ？　ブルック」

そこで聞かされた話は、とても受け入れられるようなものではなかった。

フリオニール以外の兄弟十一人がウエストエッジ辺境伯領の復興に取り組み、その成果次第で王太子に任命され、このギルノア王国を継ぐという噂だったからだ。

「おい、ブルック。そうなると俺たちは、いや、俺はどうなるんだ？」

「はっきりとはわかりませんが、どこかの辺境領を任され、開発する事になるかと……」

「おい、こんな劣悪環境の冒険者なんてやめだ。この活動を続けても意味がないじゃないか」

「フリル様……その決断は……お勧めできませんが」

「俺はフリオニールだ、冒険者フリルなどもう存在しない。ギルノア王国第一王子にして、王太子のフリオニールだ。二度とフリルの名前で呼ぶことは許さん」

「「畏まりました。王太子殿下」」

「わかれば良い。母上に連絡を取り、資金を調達して王国をこの手にする準備を始める。俺が動けば気付かれる恐れがあるから、直接母上に手紙を届けろ。セーバーに任せる」

「わかりました」

「ブルックは、俺の正当な妻となるマリアンヌに連絡を取ってくれ。ゲイルはとりあえず、俺の食事を何とかしろ。腹が減って倒れそうだ」

王子のパーティメンバーの三名は、フリオニールの世話さえなければ優秀な冒険者だが、フリオニールのわがままに振り回され、破滅への道を歩んでいた。

王宮への道を行くセーバーとブルックの二人は、フリオニールの姿が見えなくなる位置まで移動すると話し始めた。

「どうするブルック？　このままでは恐らく俺たちの将来はないぞ」

「ああ、王妃様にフリオニール様の言葉を届けても、何の援助もいただけないだろうし」

「そうだろうな……しかもお前が連絡を取るように命じられたマリアンヌ様、俺はあの女の性悪さを知っている。フリオニール様は根が単純だから簡単に騙《だま》されてしまったが、今の状態で他に頼れる場所もなさそうだな」

「だが、国からあの女の捕縛命令が出たのをフリオニール様は知っている。その上で『何かの間違いだ。俺とマリアンヌの深い愛情を妬む者の罠だ。嫉妬に狂ったアスカとイスメラルダが怪しい』とか言っていただろう？」

二人で大きなため息をつくと、空を仰ぎながらセーバーが口にした。

「俺はな、フリオニール様が三歳の頃から側《そば》に付いて共に育ってきた。もちろん、最初は実家の命令でしょうがなく、クソ生意気なガキの護衛と遊び相手をさせられて本当に苦痛だった」

セーバーの言葉を聞いて、ブルックもまた空を仰ぎ見た。

「俺はフリオニール様が八歳の頃からだな。まぁ、感想はセーバーと同じだよ」

「だけどな、彼が国王になる日を夢見て頑張ってきたんだ。わがままだが、俺たちの誕生日にだけは必ず贈り物を下さるし、冒険者になって全く金がない状態の今年ですら、その日だけたった一人で薬草採取して俺へのプレゼントを買ってきた。串カツ一本だったけどな」

「お前まさか、串カツ一本で人生捨てるのか？」

「それもまた人生だ。フリオニール様以外に仕える事はしねぇ」

「セーバー、お前思った以上に頭悪いな。だが俺も付き合うぜ。マリアンヌは恐らく聖教国にマラーリア子爵と一緒に逃亡している。一応見つけ出してくるが、時間は掛かりそうだ。馬鹿王子を頼むぞ」

セーバーは王妃に手紙を渡したが、当然のごとく資金援助は得られず、代わりに渡された手紙を持って王子のもとへと戻った。

「セーバー。お前はお使いも満足にできないのか？　俺がこの国の正当な王位継承者と認められるためにはどうすればいいんだよ、全く」

「フリオニール様。王妃様からお手紙を預かっております」

セーバーは無表情を保ったまま、フリオニールを見た。

フリオニールは王妃からの手紙の封を開け、読み始めた。

『フリオニール殿

フリオニール。

貴方の酷《ひど》い噂ばかりが私の耳に入り、心を痛めています。このままでは廃嫡どころか、国外追放にされてしまうでしょう。貴方に関しては自業自得です。しかし貴方に付き従う三名はそれぞれに大変有能な者たちです。彼らの未来のために、今は自分を殺しなさい。冒険者として活動している間はセーバー、ゲイル、ブルックの三人に従い、街の人々の役に立つように振舞いなさい。国王陛下はできない事をさせるような方ではありません。貴方たちの実力であれば、Sランク冒険者になれると信じて送り出しているのです。今は仲間を信じ、従うのです。

母より』

読み終わった手紙を握りつぶし、フリオニールは呟いた。

「なぁ、セーバー、ゲイル。俺ってそんなに駄目だったか？」

「はい。恐れながら、かなり酷《ひど》いです」

「お前たちの言う事を聞いて過ごせば、三年でSランクに届くのか？」

「フリオニール様が酷《ひど》いのは性格だけですから、もう少し鍛えれば実力は十分お届きになるかと」

「……わかった。今日からはフリルと呼べ。パーティではみんな呼び捨てにしよう。パーティリーダーはセーバーだ。俺の足らない部分があれば言ってくれ」

フリオニールは沈痛な面持ちで告げた。

セーバーはフリオニールをじっと見つめて告げる。

「王子。いや、フリル。お前が一番弱いんだから、邪魔にならないように頑張れよ」

「セーバー……Sランクになれて王宮に戻ったら、絶対にお前を首にしてやる」

「なってから言え」

そこでフリオニールはゲイルに向かって軽く頭を下げた。

「ゲイルもよろしく頼むな」

「ああ、フリル。お前の魔法は使い方次第では、Cランクくらいならすぐに上がれる実力がある。必要なのはギルドからの評判だけだ。Bランクまで上がれば、国外依頼を受けながらレイドパーティに参加しよう。能力を認められればA、Sランクも不可能な話じゃないからな」

「わかっていたならもっと早く言えよ」

「聞かなかっただろ?」

「あ、ブルックはどうする?」

フリオニールは惚《とぼ》けて話題をそらした。

「フリルがマリアンヌに連絡を取れと言ったから聖教国に向かったぞ。それとはっきり言っておく。マリアンヌとは付き合うな。あの女は全てを台なしにする」

「何だと? あの天使のようなマリアンヌがそんなはずないだろ? とりあえずブルックを迎えに行こう。そうすればマリアンヌにも会えるだろう」

「それでもいいが、国外での冒険者活動はBランク以上じゃないとできないぞ?」

「商人とでも言って出れば問題ないだろ。行こう」


フリオニールはセーバーとゲイルの三人で聖教国への道を歩んでいた。

ブルックを迎えに行き、マリアンヌに会う事が目的だ。

「この街道ってこんなに人通りが多かったか?」

フリオニールの言葉を受けてセーバーが答える。

「フリル、今はこの聖教国に続く道は、新興のスパリゾート領を訪れる商人や旅人で賑わっているそうだ」

「スパリゾート領？　聞いた事もないが、それは聖教国の領地なのか？」

「もう少し情勢を気にして学んだ方がいいぞ？　王国の辺境で国境沿いの山脈に面した土地だ」

「そんな場所は人も住めないような秘境と言っていい場所だっただろ？」

「フリル……お前が婚約破棄したアスカ様が、陞爵《しょうしゃく》されて陛下から直接賜った場所だそうだ」

「アスカか……だが、力を失った聖女のアスカに何ができると言うのだ？」

「聞いた話では、アスカ様は力を取り戻されたらしい。以前より遥かに強い魔力で開発を続けられているそうだぞ？」

「そうか。まぁ、俺は別にアスカに恨みがあるわけではない。ただマリアンヌが『私が好きなら私だけを見てほしいの』と言って、アスカの裏の顔や性格の悪い部分を俺に教えてくれたから、婚約破棄しただけだ。マリアンヌに聞かなかったらアスカのそんな部分を知らないまま、王妃にしてしまうところだった。マリアンヌには本当に感謝してるんだ」

「おい……フリル。まだそんな事を言っているのか？　それは恐らく、全てマリアンヌの作り話だ。アスカ様についてはどこに行っても、良い噂しか聞かないぞ？」

「そうだとしてもだ。マリアンヌは俺を愛してくれたが、アスカは愛してくれなかった」

「それは……自業自得じゃないのか？」

「セーバー……やっぱりお前は、俺が王位に就いたら絶対首にしてやる」

「ああ、それで構わないよ。ただ、冒険者活動を終えるまでは言う事を聞いてくれ」

「待てよ。何で首にすると言われてもそんなあっさり納得しているんだよ。俺が意地悪しているだけのように見えるじゃないか」

「俺たちは任務として、三年間でフリルをSランクにしてやる。それだけ成し遂げれば、後は自由にさせてもらう」

「おい、ゲイルもそう思ってるのか？」

ゲイルはうなずき、フリオニールに告げる。

「もちろんそうだ。俺たちは最悪フリルに首にされても、Sランクまで昇格できればいい。そのまま冒険者としてやっていけば全然構わないからな」

「そんな事言わないでくれよ……セーバー、ゲイル……」

「じゃぁ、俺たちがついていきたいと思える、立派な主君になってくれよな」

「努力する……」

「まぁ、まだずいぶん先の話だ」


一行は聖教国への道を進みながら、ノードン川まで辿り着いた。

セーバーがフリオニールに向かって言う。

「この川沿いに二十キロメートルほど進めば、アスカ様のスパリゾート領の領都があるらしいぞ」

「確かにあれだけ大勢いた旅人たちが、みんな川沿いの道を下っているな。何が目的なんだ？」

「ブルックから聞いた情報だが、効果の高いポーション類が作られていたり、新しい魔道具や魔法剣が作られたりしているそうだぞ」

「魔法剣って、あの国宝になっているような？」

「実物を見ていないからはっきりとは言えないが、魔法剣というからにはそうなんだろうな」

「やはり……アスカは魔族と繋がりがあるんじゃないのか？」

「魔族？　あの莫大な魔力を持つという伝説の種族か？　何でそう思うんだ」

「俺も魔法剣には興味があったから、父の持つ魔法剣を子供の頃に勝手に持ち出した事があった。その時に剣から体内の魔力を一気に吸い取られ、一週間ほど寝込んだんだ」

「ああ、覚えてる。確かフリルが六歳の頃だな」

「その時に父が教えてくれたんだが、魔法剣には魔法陣が見えないように刻んであって、手にした者の魔力を吸収してその効果を出すらしい。そしてその魔法陣を刻むというのは人族には失われた技術で、魔族に一部伝わっているそうだ」

「へぇ、でもこの大陸で魔族を見かける事などまずないし、それにアスカ様の姿はどう見ても魔族じゃないだろ？」

「じゃぁ、なんでアスカはそんな事ができるんだ？」

「それはわからないが、俺たちも学べるなら学びたいと思うよ」

「ブルックと合流したら、帰り道にでも立ち寄ってみるか？」

「それもいいな、道を急ごう」

ノードン川に架かる橋を越えると、目の前には聖教国との国境である巨大な山脈がせまってくる。

街道は山脈間を通り抜けるように繋がっているので、見た目ほど困難ではない。それでも千メートル程度の高低差はあり、抜けるのはなかなか大変だ。

「ところでセーバー。どうやってブルックと連絡を取るんだ？」

「フリル、街道沿いの冒険者ギルドに俺たちが立ち寄っているのは、その連絡も含めてだよ。ギルドは冒険者を管理しているから、聞けばお互いがだいたいどこにいるのかがわかるし、伝言も頼める。ただし俺たちはまだやっとCランクに上がったばかり、フリルはDランクだから国内しかできないけどな」

「ギルドって便利なんだな」

「今まで全てを俺たちに任せっぱなしにしてきたから知らなかったんだ。その辺りも勉強しなきゃ駄目だぞ」

「うん。努力はする」

「確実に合流するためには国外に出ない方が良いと思うけど、どうする？」

「日数的にそろそろ戻ってくる頃なのか？」

「マリアンヌたちがどこに潜伏しているかで変わるが、ブルックは王家の諜報関係の仕事を請け負う家系の出身だし、そう時間は掛からないと思う」

「では国境手前の街のギルドで待って、合流してから行動を決めよう」

「わかった。ここのギルドで依頼を受けながら過ごしていれば、昇格も狙えるかもしれないぞ？流石《さすが》にこの辺りじゃ俺たちを知っている人間もいないから、昇格のために真面目に頑張ればきっと大丈夫だ」

「そうか。じゃぁ、そうしよう」

国境に近い街で冒険者活動を続けていたフリオニール一行。

ここでは悪評も立っておらず、実力自体は低いわけでもなかった冒険者フリルはCランクへの昇格を果たした。

Cランクまで上がれば、Bランク試験への申し込みの資格もできる。

そしてBランク試験の内容は、この街の場合だと聖教国への護衛任務をこなす事になる。

「フリル。よく頑張ったな。やればできるじゃないか」

セーバーがフリルにねぎらいの言葉をかけた。

「ああ。最初の頃は依頼人に頭を下げるとか無茶な依頼をしてくる平民に我慢できなかった。だが、今の裕福とは言えない生活を続けていると頼んでくる奴らの気持ちが少しだけわかった気がする。腹も立たなくなってきた」

「へぇ。でもそうやって相手の気持ちを考える事が普通にできるなら、王位に就いても良い王様になると思うぞ?」


フリルがCランク昇格を果たした日の夜に、ようやくブルックが合流できた。

「俺の愛しいマリアンヌには会えたのか?」

「王子。はっきり申し上げてよろしいでしょうか?」

「あ、ブルック、スマン、俺の事はフリルと呼び捨てにしろ。ようやく今自分が置かれている立場が少しわかってきた。今まですまなかった」

「ん？　何があったんだ、セーバー？　王子がまともになるとかおかしくねぇか」

「おい、ブルック。まともになるのがおかしいって意味がわからん事を言うな」

フリオニールのつっこみは無視してセーバーが答える。

「まぁ、良い事だ」

「話は戻りますが、マリアンヌは聖教国で坊主どもに媚を売って贅沢な暮らしをしています。これ以上、あの女に関わらない方が良いと言わせていただきます」

「何と……俺が相手をしてやれなかったばかりにそんな事になっていたのか。寂しい思いをさせてしまったんだな。だが俺は許す。寛大な心を身に付けたんだ。また俺と共に過ごすようになれば、俺だけを愛するはずだ」

「フリル……どうやったらそんな発想になるんだよ？」

セーバーが呆れた様子で言った。

「会う事はできたのか？」

「直接会話はしていません。情報収集だけにとどめました」

「そうか。セーバー、すぐにBランク昇格試験の申請をしてみんなで聖教国に乗り込もう。そこで俺は真実の愛を確かめるためにマリアンヌと話がしたい」

「……まぁ、フリルがどうしても行きたいならしょうがないな」

理由はどうあれ、フリルたちはBランクの昇格試験の受験資格はあったので、護衛任務を受けて聖教国へ渡った。元々セーバーたちの実力が高かった事もあり、Bランクへの昇格も果たせた。

これ以降のランクアップはレイドパーティへ参加し、他の高位冒険者からの推薦が必要となるため、条件はかなり厳しい。

聖教国に入り、フリオニールは早速マリアンヌと会う約束を取り付けた。

「マリアンヌ！　ようやく会えたな。一日たりともマリアンヌを思い出さなかった日などないぞ。さぁ、すぐにでも二人きりの熱い時間を過ごそう」

「フリオニール様。今はこの神官様と大事なお話がありますので、こちらから連絡をいたします」

「何？　……この俺よりも優先させるべき用事など、存在しないであろう？」

その様子を見ていたセーバーたち三人は盛大なため息を漏らした。

「どう見ても、あの神官と今から仲良くするようにしか見えないのに気付かないのか、フリルは」

「気付いていたとしても、とりあえず自分が仲良くしたい、っていう気持ちが勝ったんじゃないのか？」

「やっぱり俺たちは冒険者で身を立てる方がいいかもな？」

「「ああ……」」

だが、話は思わぬ方向に進んだ。

「もしや、ギルノア王国の王太子殿下であるフリオニール様でございましょうか？」

煌《きら》びやかな神官の格好をした男が丁重に声をかけてきたのだ。

「あ、ああ、今は冒険者フリルだ。その名前は冒険者でいる間は使えぬ」

「何を仰いますか。それはギルノア王国内での話であって、この国では関係ありません。賓客としておもてなしいたしますぞ」

その言葉を聞いたマリアンヌが、小声で神官に聞いた。

「ギレン神官長様、よろしいのですか？」

「マリアンヌ。君を意味なく囲っているわけではない。利用はさせてもらうよ」

「え？　それはどういう事なの？」

第四章　聖教国の内戦と宣戦布告

私がスパリゾート領を開拓してから二年が経った。

スパリゾート領にはギルノア王国全土から優秀なポーションと最新の魔道具を求める商人が集まってくる。ポーションを利用した温泉施設も規模を拡大した。保養地としての人気もとても高く、多くの人で賑わうようになった。

領地の街は要所要所に結界を展開していき、すでに十か所の結界が稼働している。

どの街にも温泉を掘り、大衆浴場を必ず設置してあるので移住希望者も後を絶たない。

イレーヌ姉様とフーバー伯爵とサリアの三人は領内の発展に尽くしてくれ、新しく作った街を任せられる小領主候補の育成にも励んでいる。

王国内の貴族家の三男以下の人物を呼び込み、実際に領内で実務をさせながら適性を見ていくようだ。

フーバー伯爵は農地開発や管理業務の才能はとても豊かな人だけど、軍事関係はさっぱりだそうだ。大規模になったスパリゾート領の領軍創設時に指揮官の白羽の矢が立ったのは、お父様の手伝いでウエストエッジ地区の河川工事の面倒を見ていたスープラ君だった。

お父様のもとには代わりの飛空船パイロットを派遣し、スープラ君がスパリゾート領に戻って来ると、早速王都の士官学校などに募集を出し、領軍の設立を行った。

私もびっくりなんだけど、この領軍は飛空船をメインにしたこの世界初の空軍となった。

ベースになる艦体の設計は、ゼクス君の領地で、飛空船大好きなダルド君とスープラ君と私のお父様まで参加して決めたらしい。

すでに船大工さんたちの協力の下、最初から飛空船にする事を前提に、新型の艦体が五隻ほど作られていた。

私に内緒で作り上げるとか、それはそれですごいよね。

ゼクス君は、こういう事がしたかったのかな。

これに私が錬金を行い、魔法精製した金属での補強を施して魔法陣を刻み込めば飛空船は完成する。

流石《さすが》に飛空船クラスの魔法陣はとても複雑で、まだまだリナちゃんたちでも書けないんだよね。

スープラ君の集めたスパリゾート領主軍は、ノードン川の河川敷に広大な基地を造り、兵の訓練を始めた。

ゼクス君の領で作られた飛空船の艦体は、最初から専用で作られているので快適さも桁違いだ。

私にもその中で一番立派な艦体をプレゼントしてくれ、私が最初に作った飛空船はリナちゃんとセシルちゃんが領軍以外のパイロットを養成するための練習船となった。

プレゼントされた飛空船は鳥のような可愛いらしい形で、『スパロウ』号って名前を付けたよ。

スズメちゃんだね！

二十人乗りの船だけどとても快適で、船体内部からの見晴しの良さを優先して作ったんだって。

でも、ゼクス君やスープラ君たちだけで考えたにしては計画的すぎる。

宰相や元帥《げんすい》が後ろから指示を出しているかもしれないな。

飛空船が当たり前になれば、距離の問題などないに等しい。

スパリゾート領に避難していた元ウエストエッジ領の人たち、船大工さんたちはゼクス君の治める地域に引っ越し始めた。

あいかわらずゼクス君は他の領からの移民を受け入れておらず、五百人ほどしか住んでない。

他の三か所の地域はそれぞれに王国中から移民を募り、そこそこの規模になってきた。

ミカ様の勢力圏で五万人、フルフト様の勢力圏で四万人、スイーティオ様の勢力圏で二万人。これに現在、お父様の監督の下、河川工事をやっている一揆勢の七万人が加われば、一気に今までの辺境伯領の一、五倍となる十八万人の人口となる。

それぞれの王子たちも優秀だ。

この国の将来は明るいのかな？

お父様の指揮する河川の工事は、ウエストエッジ地区に流入する水の量を調節するように、大きな河川にバイパス工事を行いながら進んでいる。

うちのお父様って、けっこうやればできる子だったんだな。流石《さすが》は元侯爵様だよ。

自分の領地とウエストエッジ地区で忙しく過ごしていたある日、宰相と元帥《げんすい》が二人で私を訪ねてきた。

「アスカ。ずいぶんここの領地も発展してきたな。王国宰相として礼を言おう」

そりゃ、こんだけの人数を抱えると、流石《さすが》に王国に税金を納めないわけにもいかない。かなりの額の納税をしたからね……

元帥《げんすい》は真剣なまなざしで私を見つめる。

「スープラの創設した領軍は、今後王国の守護の要となる。国軍もこの地で育成を行い、王国空軍の創設をしたいのだが、受け入れてもらえぬか？」

「その辺りはスープラ君に任せています。ゼクス君とも話していただき、ノードン川を挟んだウエストエッジ地区側、河川敷に駐屯地を作るならいいのではないでしょうか？　飛空船は、ちゃんと国が買い上げてくれるのであれば、毎月一隻程度なら作れると思います」

「もちろん購入させてもらう。それでは厳選した人員を預けよう。よろしく頼むぞ？」

こうして、ノードン川の河川敷には川を挟んで向かい合うように、スパリゾート領軍と王国空軍が駐留した。

王太子殿下の悲劇③

フリオニールたちがギレン神官長のもとに来てから一年弱が過ぎた。

パーティはそのまま聖教国から出ずに活動を続けている。

そして、大した活躍はしていないにもかかわらず、その冒険者ランクは全員そろってA級まで上がっていた。

「フリル。おかしいと思わないか？　俺たちこの国に来てから、大した苦労もせずギレン神官長の世話になりつつ、たまにレイドの招集に出かけていたただけだ。そこでも明らかに役に立っていなかったと思えるのに、推薦を受けてAランクまで上がった。ギルノア王国にいたらまだ絶対にBランクのままだぞ？」

「セーバー。それは俺の持って生まれた華やかさでAランクにふさわしいと考えてもらえたんだろ？　理由なんか関係ない。俺は国王陛下に言われた通りにSランクまで上がれれば、手段は問わない。マリアンヌだって俺たちがこの国に来てからは、ずっと俺の側《そば》にいて尽くしてくれている。お前たちが疑うような事実はなかったんだよ」

フリオニールはセーバーに諭《さと》すように言ったが、ブルックは顔をしかめた。

「いや、ちょっと考えればおかしい事だらけだろ？」

「何がだ？　ブルック」

「マラーリア子爵とマリアンヌの二名に対しては、王国から正式な捕縛命令が出ている。それも王国内では最も重い犯罪となる不法奴隷売買、マリアンヌに至っては殺人教唆《きょうさ》だ」

「何だ、その殺人教唆《きょうさ》っていうのは？」

「フリルと付き合う前にマリアンヌと付き合いのあった男が何人も殺されていたんだよ。調べた結果、マリアンヌが裏社会の連中を使って殺させたとわかった。だからこそ出された捕縛命令だ」

「マリアンヌがそんな事するわけない。現にここに来てからいつも笑顔で俺の側《そば》にいてくれる。それが真実で全てだ」

「おい、本気でそんな事を言ってるのか？　フリルは現実逃避しているだけなんじゃないのか？　この国の神官は他種族の違法奴隷を囲い、聖職者と思えない乱れた生活を行う者ばかりだ」

「俺たちがこの国に文句を言うのは越権行為だぞ？　この国では人族以外の奴隷制度は違法ではないから問題ない」

「だがギルノア王国では違法だ。この国は侵略戦争をしないと言っているが、他国同士の戦いをあおって、獣人やエルフ、ドワーフなどの種族の人々を攫って他の国では決して許されない行為を続けている」

フリオニールはブルックの言葉を聞いて黙った。その通りだとわかっているが、自分が王位に就けば何とでもなると思っているのだろう。

何も言わないフリオニールに、ブルックもまた黙ってセーバーとゲイルと顔を見合わせた。


それから数日が経った。

セーバーが慌てた様子で部屋に入ってくる。

「フリル。この国の教皇が亡くなられた。後継者争いで戦いに巻き込まれるかもしれんぞ。さっさとギルノア王国に戻ろう」

「ああ、流石《さすが》に他国の後継者争いに関わるのはごめんだな。セーバーに従おう」

荷物を纏めてギレン神官長の家を出ようとした時だった。

「フリオニール様。それはちょっと勝手が過ぎるのではないですか？　私が次期教皇になるためにご協力いただきたい。悪い話ではないですよ？　はっきり言ってフリオニール様がSランク冒険者になるのはギルノア王国では無理です。私に協力していただければ、ギルドに推薦しましょう」

ギレン神官長が行く手を阻むように扉の前に立った。

「私に何をしろと言うのだ？」

「今回の後継者争いには三人が立候補しています。一人は私。もう一人は枢機卿《すうききょう》のグスタフ、もう一人は大した勢力は持っていない、ヘルメスというまだ若い司教です。ただ、ヘルメスは頭が固いというか、奴隷解放を叫んで東の獣人国と親密にしています」

「状況はわかった。具体的にどうしろと言うのだ？」

「今回は最終的に武力衝突になると私は思っています」

「武力衝突だって？　ここは戦争を放棄した国だろ？」

「他国には攻め込まないというだけで、国内での鎮圧や宗派による争い事は頻繁に起こっています。小さな揉め事なら、ギルノア王国より多いくらいですよ。奴隷を取り返しにくるドワーフや獣人たちとも東の国境辺りでは常に戦闘態勢です」

「何だそれは。全然平和じゃないじゃないか」

「国なんてどこも同じですよ。結局は贅沢をしたい一部の力のある者が、貧乏人や力のない者からいろいろな物を巻き上げ、面白おかしく過ごしているのです。まぁ今、それはどうでもいい。今回は戦になると私は旗色が悪い。フリオニール様にお頼みしたいのは、手に入れてもらいたい物があるのです。聖教国の南側、ギルノア王国のスパリゾート領に、最新鋭の飛空船と呼ばれる魔道具が存在しているらしいのです」

「スパリゾート領だと？」

「マリアンヌから聞いたところによると、そこのアスカという領主はフリオニール様の元ご婚約者だとか。フリオニール様がお振りになられたと聞いていますよ？」

「まぁ、確かにそうだが」

「それでは復縁をちらつかせ、飛空船の一隻や二隻手に入れるのは簡単でございましょう」

「どうだろうな？　確約はできぬが」

「枢機卿《すうききょう》の息子はギルノア王国の聖女イスメラルダ様と婚約しております。さらに彼は前教皇の孫でもあるので、まともな投票では到底私は敵《かな》いません」

「どうするつもりなのだ」

「ヘルメスとグスタフが戦闘を始めるように誘導して、一般住民に被害が出たところで私が双方を打ち破る。これなら国民も私を認めるでしょう。それには圧倒的な存在の飛空船の入手が絶対に必要です。頼みましたよ、フリオニール・ギルノア次期国王様」

「あ、ああ、わかった。必ず私をSランクに推薦するんだな？」

「それは、間違いなく」

フリオニールはセーバーたち三人に向かって言った。

「という事で、アスカに飛空船を二隻ほど用意させに行くぞ」

「フリル、お前の話をアスカ様が聞くと思うのか？」

「婚約破棄を解消してやるとでも言えば、喜んで差し出すだろ？　第二王妃にする約束をしてやる」

「絶対無理だと思うぞ？」

「じゃぁ、第一王妃か？　マリアンヌが怒りそうだな。まぁ、飛空船を手に入れたら落ち度を見つけて、第二王妃ならいいと言えば良いか」

セーバーはフリオニールの言葉を聞いて心底呆れたように言った。

「フリル……本当にそんな話が通用すると思っているのか？」

「俺が婚約破棄を申し渡した時、アスカは涙を流して去ったぞ。俺に惚れているに決まっているだろ？」

「まぁ、フリルがそう思っているならそうかもしれないな。いまさらギルノア王国に戻ってもこの一年ろくに鍛錬も積んでないフリルがSランクに辿り着く事はまずありえないから、それに賭けるしかないだろう」

◇　◆　◇　◆

私は目の前に現れたフリオニール様の言葉に耳を疑った。

「というわけだ、アスカ。飛空船を二隻用意してくれたら、アスカと再び婚約して将来の王妃の座を約束しよう」

「はっ？　冒険者フリル殿？　貴方はＳＳＳランク冒険者の私に対し、フリオニール殿下の名前を騙《かた》って、国家の最高機密である飛空船をだまし取ろうとしているんですか？」

「何を言っているんだ、アスカ？　再び婚約者にしてやると言っているんだぞ？」

「もし本物のフリオニール様であれば、正体をばらした時点で王位の継承権は失って放逐されます。本人でないなら、私は陛下に王太子の名前を騙《かた》る不届き者が出た事をすぐに知らせねばなりません」

「待て、話を聞け。お前が黙っていればそれで王妃になれるのだぞ？」

「残念ながら全く興味はございません。話していても仕方がないので、すぐに王宮に連絡を入れます。もし捕まれば厄介な事になるので、お早めに姿を消された方が良いと思いますわよ？　流石《さすが》に捕まらなければ本人確認ができませんから、すぐに廃嫡はないと思いますが……そこの従者によく似た方々も、このフリオニール殿下を騙《かた》る不届きな輩《やから》と共に消えた方が、家名を穢《けが》さずに済みますよ？」

私がそう言うと、従者の三人は目礼した。

「アスカ様、ご助言痛み入ります」

「フリル。行くぞ」

「アスカ。飛空船二隻くらいくれよ、ケチ」

なおも言い募るフリオニール様に従者の一人が言う。

「馬鹿か？　フリル、さっさと行かなきゃ本当に不敬罪で首刎《は》ね飛ばされるぞ？」

三人に引きずられて、フリオニール様は去っていった。


「隣国で教皇の地位を巡って内戦が起きたわね」

フリオニール様とのやり取りを隣で聞いていたイレーナ姉様に話しかけられた。

「イレーナ姉様はどうなると思いますか？」

「どうでしょうね？　正当な代替わりならグスタフ枢機卿《すうききょう》だけど、今の奴隷制度を容認しているような考え方は変わってほしいから、ヘルメス司教になればいいと思うんだけどね」

「ギレン神官長はどうなんでしょう？」

「今のところ争いには加わらず、教皇庁のある東部地区にも近寄らないで西部地区を抑えてるようだよ？　考え方はグスタフ枢機卿《すうききょう》と変わらないっていうか、もっと激しく欲まみれな人の印象かな」

「まともなのはヘルメス司教なんだろうけど、それでも民に迷惑が掛かる争いを始めた時点で駄目な感じがするなぁ」

「どちらにしても他国の争いだから手は出せないよね」

「そうですね」


内戦が発生して一月《ひとつき》が経ち、聖教国内は経済活動が停滞し、困窮していると伝えられていた。

サリアが困った様子で私のもとに来る。

「アスカ様。また聖教国から支援の要請が来ていますが？」

「今度はどこの陣営なの？」

「ヘルメス様の陣営だそうです」

「一応話だけは聞くから通して」

ヘルメス陣営の使者が伝えてきたのは、奴隷解放を掲げて国内の亜人勢力を纏めて対抗していたが、人数的に圧倒的に有利なグスタフ勢力が獣人に攻撃された報復として獣人国ビスティ側に入り込んで食料などを奪い、住民を攫って奴隷にしているという内容だった。

「国外への侵略はしないという法を平然と破ったのですか？」

「獣人に攻撃されたので報復だと彼らは言っていますが、それは違法奴隷たちをヘルメス様が解放しただけ。一方的な侵略と言って良いでしょう。ぜひとも協力をお願いします」

「理由はどうあれ、戦争当事者の言い分を聞いて加担はできません。侵略を受けたビスティ王国からの要請であれば考えますが」

その時、ゼクス君が三人の側近と共に現れた。

「友好国であるビスティ王国への侵略の事実が確認されたので、私は動こうと思います」

「何でゼクス君が？」

「ビスティの現国王は、私の祖父です」

「ああ、ウルル様の父君なのね」

「はい。ギルノア王国軍所属の三隻の飛空船を動かす許可を得るために、国王陛下のもとに行きたいのですが、アスカ様も同行していただけますか？」

「わかったわ、ゼクス君、行きましょう。それとヘルメス陣営には現時点では協力はできないとお伝えください」

ゼクス君に付き添い、私は女元爵《にょげんしゃく》として陛下に謁見した。

「父上。ビスティ王国の防衛に参与する事をお許しください」

「ふむ、聖教国の神官どもは聖職者といいながら、ただ欲まみれの生活をしたいだけの連中だ。誰が教皇になっても変わらんだろうな。いっその事、聖教国ごと潰してアスカが面倒をみるか？」

「何、洒落にならない事言っているんですか、陛下？」

私は呆れて陛下を見た。

「冗談だ。ゼクスの言い分は全面的に認めるが、現状はビスティ王国内での防衛に限っての許可だ。本来ならビスティ王国からの要請を受けてからが望ましいんだが。聖教国内部には入らぬようにな。王国軍所属の飛空船はゼクスの支配下に入るよう、命令書を預ける」

「父上、ありがとうございます」

こうして王国空軍の飛空船部隊が初めて実戦投入された。

◇　◆　◇　◆

獣人国ビスティと聖教国との国境線で、ゼクスの率いる飛空船により完全にビスティ国内から聖教国側の勢力を排除した。

「ゼクス、流石我《さすが》が孫じゃ。ギルノアの王位を継がないのならこの国を継ぐか？　お前の母親の兄貴はどうも押しが弱くてな。宰相向きの性格ではあるが、武を尊ぶ獣人国の国王には向かぬ」

「お爺様。私はギルノア王国の第八王子です。父から命じられない限りは、ギルノアのために尽くそうと思います」

「ほう、その筋の通った発言もますますわしの好みだ。ペルセウスにはわしから正式に頼むから、前向きに考えてくれ」

「それより、国内から聖教国勢力は駆逐できましたが、今回攫われた獣人国側の住民たちを取り戻すのはどうしますか？」

「そこまでゼクスに頼むわけにはいかぬから、わしが自ら取り返しに向かう」

獣人国側から正式に聖教国側に宣戦布告を行い、聖教国皇都へ五万を超える獣人国勢力が攻め込んだ。

迎え撃つ聖教国側グスタフの軍勢は二十万を超す。

ヘルメス軍は五万の勢力を抱えていたが、獣人国自らが進軍し、聖教国内では亜人の奴隷解放を掲げていたヘルメスは一気に発言力が弱まり、ヘルメス本人が獣人国への亡命を望む事態になった。

ギレンはウエストエッジ地区を除く、スパリゾート領の住民が一般人も含めて五万もいないと確認すると、飛空船の技術を奪うために十五万人もの勢力で山脈を乗り越えスパリゾート領へと攻め込もうと決断していた。

◇
◆
◇
◆

「ねぇ、サリア。ギレンって馬鹿なの？」

「どうなんでしょうね？　飛空船を本当に奪えれば世界征服も夢じゃないでしょうから、気持ちはわからないでもないですがね。数で押せば何とかなると思うのは頭が悪いとしか言えません」

きな臭い動きを察知した時点で、飛空船を使い上空から動向を探っていた私は早速指示を出す。

山脈を越えて攻め入るにはどんなに急いでも五日は掛かる。

十分に余裕を持って王都に指示を仰ぎ、王宮からブリック元帥《げんすい》の率いるブリュンヒルドが到着して、一時的にウエストエッジ地区に駐在する精鋭の衛兵を二千名もスパリゾート領に集めさせた。

国王陛下からは、聖教国との衝突や飛空船侵入もやむなし、対応は任せると許可をもらっている。

「この人数で守りに回るのは無理だな。逆にこっちから聖教国に攻め込んで、帰る場所をなくしてやろう。くれぐれも住民に被害を出さぬように気を付けろよ」

「あの、ブリック元帥《げんすい》。山脈にトンネルが四本ほど掘ってあって、あと二十メートルほど掘れば聖教国側に抜けるので、そこから一気に攻め入るのはどうですか？　飛空船だと小人数しか乗れないので各個撃破されたら厳しいですし」

「アスカ。いつの間にトンネルなんて準備したんだ？」

「別に狙ったわけじゃなくて、ノードン川の土手を整備するのに土砂が必要だったから、ついでに作っていただけです」

「二十メートル掘り進めるのに時間はどれくらい掛かるんだ？」

「魔法で掘りますから十分も掛からないですよ？」

「はー……つくづくアスカが敵じゃなくて良かったよ」

四か所のトンネルに五百人ずつを配置し、トンネルを開通させると一気に進軍する。

聖教国西側の主要施設を全て押さえさせた。

ギレン軍はその状況に気付かずスパリゾート領側へ進軍を続けている。

ブリック元帥《げんすい》が率いるブリュンヒルドと私のスパロウ号、領都空軍のスープラ君が指揮する五隻の飛空船を、山脈を越えて来るギレン軍の正面よりわずかに低い位置に滞空させた。

上ってくる方からは完全に山脈を越え、スパリゾート領内に侵入しないと見えない位置だ。

先頭集団がスパリゾート領に侵入した瞬間にブリック元帥《げんすい》が魔導砲を発射し、一撃で先頭集団を壊滅させた。

ギレン軍は慌てふためき、後続の部隊は道なき道を逃げ出したため、十五万の部隊の中で無傷で山を下りられたのはわずか一万ほどだった。

すでにその時には私たちの飛空船も聖教国側に渡り、残りの部隊を殲滅《せんめつ》する準備もできていた。

私は無駄に人を殺す気はないので、ウエストエッジ辺境伯領の時と同じように、スパロウ号から極大の殲滅《せんめつ》魔法を人がいないはずの方角へ打ち出した。

一撃で山脈のどてっぱらに巨大な穴が開いた状況を見て、残ったギレン軍は完全に戦意を失い、

武器を手放した。

首謀者のギレンを捜すが見当たらない。

副官らしき軍の指揮官を尋問すると、私たちギルノア軍が攻め込んですぐにマリアンヌとマラーリア子爵を馬車に乗せ、皇都方面に逃亡したそうだ。

さらに副官の男から、衝撃の事実が発せられる。

フリオニール様と従者三人が地下牢に閉じ込められているはずだと……

すぐにブリック元帥《げんすい》が地下牢に捜しに行ったが、地下牢には大穴が掘られておりすでに抜け出した後のようだった。

まぁ、フリオニール様はゴキブリ並みにしぶといから、脱出さえできていればきっと大丈夫よ。従者の三人もいるし。

ギレン軍は一日で壊滅、死者は最初の砲撃による百人ほどで済んだが、山から転げ落ちるようにして逃げた兵士のほとんどが大きな怪我をしていた。

これだけの人数を収容する場所がないな？

頭を抱えているとブリック元帥《げんすい》から提案された。

「先程のトンネルの中にとりあえず幽閉して、出入り口を塞げばいいんじゃないか？」

「あー、それなら十分に可能ですね。人の土地に攻め込んで来たんだから、ちょっと怪我の治療が遅れて手足が腐ってしまうくらい、我慢してもらってもいいですよね？」

思いっきり相手の兵士たちに聞こえるように告げ、「テヘペロ」顔をしてみた。

ギレン軍の兵士は表情が絶望の色に染まっていた。

私は兵士たちにゆっくりと告げた。

「今回の戦争が終結するまでは貴方方を外には出しません。兵糧などは没収もしませんから、それでしのぎながら、早期の戦争の終結を願ってください。なお重傷者や命の危険がありそうな人が出た場合のみ、治療のために外に運び出しますから、一日二度、聖教国側の入り口を開けます。治療希望者は毎日午前九時と午後三時の二回、門を開けるので集まってください。もちろん治療費は後で聖教国から徴収しますけどね！」

その後、ウエストエッジ地区から連れて来た衛兵に各トンネルの見張りを頼み、私たちはギレンを捜して飛空船で皇都上空に向かった。

皇都では二十万以上のグスタフ軍兵がビスティ王国側の五万とヘルメス軍の五万人を相手取り、立ち塞がっていた。

動けば大勢の死者が出るのは必至。

にらみ合うばかりで何も進展していなかったが、私たちの七隻の飛空船が姿を現すとゼクス君の指揮する三隻もブリック元帥《げんすい》の指揮下に入った。

十隻の飛空船を見上げる総勢三十万の軍勢の中で、余裕の表情を見せたのは五万の軍を指揮するビスティ王国の国王だけだった。

これだけの戦力の戦意を削ぐためには、圧倒的な実力差を見せるほかないので、山脈に向けて各艦から一斉に魔導砲が打ち出された。

一瞬にして山肌はボロボロの穴だらけになり、その様子を見た聖教国のグスタフ軍が、特大の白旗を上空に見えるように振って来た。

それを確認したブリック元帥《げんすい》とゼクス君がそれぞれ艦を着陸させ、グスタフが現れるのを待った。

私は後ろに控える。

「ギルノア王国元帥《げんすい》ブリックである。友好国であるビスティ王国、及び我が国が不当な侵略を受けた事実をもって、聖教国に対し宣戦を布告する。停戦の条件は亜人族に対しての不当な拘束の即時解放。及びギルノア王国への侵攻に関わった者たちの処罰である。これは交渉ではなく命令だ。これよりビスティ王国軍による聖教国内の一斉探索を行う。協力する者に対しては情状酌量の余地もあるが、逆らう者に対しては容赦しない」

ブリック元帥《げんすい》がそう告げると、グスタフ軍からきらびやかな衣装を着た老齢の男が出てきた。

「何の権利があってギルノア王国が出しゃばるのですか？　そのような国外からの介入など到底認められない。さっさと引き上げていただこう」

「お前がグスタフ枢機卿《すうききょう》か？」

「グスタフ様は聖教国の正当な継承者であり、世界中に教えを広める教皇となられるお方です。たかが一国の将軍程度にお声掛けされるなどあり得ない。さっさと国外へ退去しろ」

「それがこの国の返答と受け取って構わぬのだな？」

「お待ちください、元帥《げんすい》」

そこに高位聖職者の衣装を纏った若い男が現れた。

「誰だ？」

「ヘルメスと申します。次期教皇へ立候補している者でございます」

「それでは先程の者は俺をだまそうとしたのか？　この国の代表者は決まっていないのか？」

「教皇不在時は、八名の枢機卿《すうききょう》による会議が国の決定機関とみなされます。ですが、選挙期間中は影響力を考慮し、立候補者以外の枢機卿《すうききょう》は表舞台には出ないしきたりがございます。ですから、私も代表者の一人でございます」

「そうか、ではわが国へ一方的に侵略しようとしたのは誰の指示だ？　責任者を今日中に連れてこなければ、すでに制圧したこの国の西部地区は、このままギルノア王国が治める事にする」

「馬鹿な。西部地区は国軍だけでも十五万の兵を抱えている。制圧したなど、誰が信じるものか」

ブリック元帥《げんすい》は老齢の男に冷淡に言った。

「信じようが信じまいが勝手だが、その十五万人はすでに武装解除させて幽閉しているぞ。このままではあと一週間もせずに全員が飢え死にするかもな？」

ヘルメスはブリック元帥《げんすい》に懇願する。

「元帥《げんすい》。私どもの勢力は奴隷制度を排除し、この国を本来の信仰厚き国へと導こうとしております。どうぞご助力をお願いいたします」

「協力に関しては現時点では返答しかねる。こちらが出す条件に対しての各陣営の行動を見極め、対処させていただく」

「承知いたしました」

「グスタフは姿を現す気はないのか？　まぁどうでもいい、条件を伝える。先ほども言ったが、亜人族に対しての不当な拘束をやめろ。それからグスタフ以外の七名の枢機卿《すうききょう》をこの場に連れてきて、ギルノア、ビスティの両国に対しての謝罪と補償を決めてもらう。二十四時間以内だ。それまでに決まらなければ、皇都にいる戦力は敵対勢力とみなし殲滅《せんめつ》する。兵士以外の一般人も全てこの皇都からは一時的に避難をするように申し渡す。病人など移動できない者は、ヘルメスの陣営で保護して非戦闘地域まで下がらせろ。これは通告だ。反論は一切聞かない。ギルノア王国に攻め込む決定を下した者も、今日中に連れてこなければ、西部地域はギルノア王国が貰う」

それだけを告げると、ブリック元帥《げんすい》とゼクス君は飛空船に乗り込み、上空での待機に移った。

ヘルメス軍はビスティ王国と聖教国の国境地域に定められた非戦闘地域に早速移動を始めたけれど、グスタフ軍は動かない。

だが皇都の街からは五十万近い住民が戦火を恐れ、一斉に離れ始めた。

資産や奴隷を連れ出そうとする者が多く、街道は大混雑の状態だ。

それでも今回の停戦条件に亜人奴隷の解放が掲げられているので、良識のある者たちの間で次々と亜人は解放され、ビスティ国軍に保護され始めている。

まだグスタフ軍は動かない。私たちは、いつでも殲滅《せんめつ》できるように上空で待機している。

◇◆◇◆

アスカに追い出されたフリオニールたちはマリアンヌのもとへ戻ってきた。

「フリオニール様は結局一隻も飛空船を用意できなかったのですか？　それでよくこちらに戻られましたね？」

「マリアンヌ、そんな冷たい事を言うなよ」

「もうギレン様から推挙される事もないし、フリオニール様がギルノア王国の王位を継ぐ可能性もないとわかりました。私に近寄らないでください。ギレン様の方がよっぽど私に贅沢をさせてくれるわ」

その時、ブルックが口を開いた。

「おい、マリアンヌ。お前には王国から捕縛の指名手配が出ている」

「そんなの王国に戻らなければ関係ないじゃない。ブルックは馬鹿なの？」

「馬鹿はどっちだ。王国特務機関所属ブルックがお前を捕縛する」

「おい、ブルック。どういう事だ？」

「王子を守るため、聖教国へ渡る前に正式に特務機関へ所属しました。マリアンヌとその父マラーリア子爵は捕縛対象とし、その際、生死を問わないと決定されています」

「生死を問わないですって？」

「人の国で何を勝手な事を言っているんだね、君は？」

「ギレン神官長。これはギルノア王国の決定で、邪魔をするならギルノア王国への敵対行為とみなしますが、構いませんか？」

「お前たちごときにこのギレンの邪魔をさせるわけなかろう。一年近くも面倒を見てやった恩も忘れやがって。人質ぐらいにはなりそうだから、捕縛して牢に叩き込んでおけ」

「何だと？」

ギレンの指示が出た時には、すでに二十名ほどの衛兵にフリオニールたちは囲まれていた。そのまま捕縛される。

「すみません、王子。俺の詰めが甘かったばかりに」

申し訳なさそうにブルックがフリオニールに謝る。

「いや……気にするな。俺がマリアンヌを信じたばかりに迷惑をかけた。セーバー、ゲイルにも迷惑をかけた。本当にスマン」

「王子いまさらです。脱出の手段を考えましょう」

フリオニールの謝罪にセーバーはため息をついた。その時、黙っていたゲイルが顔を上げる。

「セーバー、ここは俺に任せろ」

「ん？　ゲイル。何かいい手があるのか？」

「うちは代々魔法の得意な家系でな。得意属性も全部公表したりはしていないんだ。こういう、いざという時のためにな」

人がいなくなった瞬間を見計らい、土属性魔法で牢屋の地下を掘って脱出した四人は、夜の闇に紛れてスパリゾート領へと向かうべく、山脈を越え始めた。

アスカたちの飛行船が圧倒的な戦力を示したその時、マリアンヌは馬車の中でギレン神官長に相対していた。

「何なのだ一体、あの圧倒的な戦力は……十五万の兵がたかだか七隻の船で一瞬にして打ち破られるなどあり得ない」

「ギレン様もけっこう頭悪いんですね。何で攻め込ませる口実を与えたりしたんですか？」

「十五万の軍隊がわずかな人数の軍に負けるなどあり得ない。スパリゾート領を蹂躙《じゅうりん》し、新しい技術を手に入れればこの世界は一気にわが手に落ちるのだ」

「私だったら、アスカだけに的を絞って言いくるめるけどね？」

「何だと？　スパリゾート領の技術はまさか領主のアスカだけで保っているのか？」

「元神聖聖女だから、それなりに勉強はしていたんじゃないですか？　女としては私の魅力の足元にも及ばずフリオニール様に捨てられましたけどね」

「立て直すにはどうすればいいんだ？」

「そんなの無理に決まっています。私たちはさっさと他の国へ逃亡させてもらいますね。パパ、頼むよ」

その言葉と共にギレンの背中から心臓部分を剣が貫いた。

「ガハッ……お前らは……呪われるがいい……必ずこのギレンがお前たち親子を地獄に引き込んで

やる」

ギレンはそう言うと事切れた。

マリアンヌは白けた目で一瞥《いちべつ》すると、楽しげに言う。

「金目の物はほとんど馬車に積んであるし、他国に逃げて当分遊んで暮らそうね、パパ」

「ああ、そうだな、マリアンヌ」

「駁者《ぎょしゃ》さん。ちょっと行先変更をお願いします。たっぷりとお手当は弾みますからよろしくね？」

「畏まりました。どちらへ向かわれるのですか？」

「南の帝国領までお願いするわ」

「ずいぶん遠いですね。まぁ、お手当を期待しておきますよ」


「ねぇ、パパ。あの空に浮かんでいるのがギレンの言っていた飛空船なのかな？」

「ああ……そうだろうな。あの場所にいるなら、もうすでにこの聖教国はギルノア王国に敗北したのだろう」

「えー？　確かに空飛ぶ船とかすごいとは思うけど、十隻程度の船でこの国に勝ってしまうの？」

「聞いた事もない話だが、実際に目の前で起こっているから事実だろうな」

「ねぇ、パパ。この情報をまだ知らないはずの帝国に売り付けたら、向こうでうまい具合に貴族になれたりしないのかな？」

「ふむ、マリアンヌは悪だくみだけはよく思いつくな。金はあるし、交渉してみよう」

「パパの娘だからね」

「ああ、そうだ、この邪魔な死体をこの辺りで落とした方がいいな。他の国に入って死体が見られると面倒だ」

皇都近郊の街道沿いで、ギレン神官長の遺体は馬車から落とされた。

マリアンヌたちが通り過ぎた後、二人の通行人がその場を通りかかった。

「おい、あそこに死体があるぞ」

「高級そうな神官様の衣装だな。兵士に連絡した方がよくないか？　この辺りじゃ魔物に食べられてすぐに跡形もなくなるぞ？」

「ああ、でも、どうせ死んでいるんだから、金になりそうなものは人に見られる前に剥ぎ取ろう。服にも宝石がいっぱいついてるじゃないか」

「そんな罰当たりな事……でもお金の方が大事だな」

結局、服は剥ぎ取られ、丸裸の状態で放置されたギレン神官長が見つかったのは、体の半分以上が魔物に食べられた後であった。

本人確認に時間は掛かったが、指にはまった神官長の職位を現す指輪と残った顔の部分でギレン神官長だと確認された。

当然そんなギレンに戦争の責任も賠償も問えないので、西部地域をギルノア王国へ割譲する方向で話は進んだ。

◇　◆　◇　◆

聖教国へ宣戦布告した後、私たちはずっと空の上で待機していた。
二十四時間が経過し、グスタフ軍に強制的に従軍させられていた一万人以上の奴隷も解放された。
ヘルメス軍に従軍していた亜人は奴隷ではなく、反乱軍として自分の意思によるものだったので
そのままだが、希望者はビスティ国側に入国を認めた。
問題は、他国から見れば違法奴隷として捕らわれていた人数だ。
聖教国の法律では亜人の奴隷は認められているので違法ではないが、それが拉致されたとなれば、
明確に他国からの略奪行為である。
グスタフ軍は、皇都の結界の外に整列させられている状態だ。
当然上空では、飛空船がいつでも殲滅《せんめつ》できる態勢で控えている。
皇都内部の一般市民も皇都を覆う結界の外に出された。
皇都の憲兵隊（警察組織）と共にビスティ王国の兵が皇都中を探索し、見つかった亜人の奴隷は
五千人にも上った。
中には借金奴隷として正規の手続きをされている者もいたが、ほとんどが攫われてきて無理やり
隷属《れいぞく》魔法で奴隷にされている者たちだった。
国の代表として連れてこられた七名の枢機卿《すうききょう》と皇都の中央部分に存在する大聖堂前の広大な広場
で会談が始まる。

この時になってようやくグスタフ枢機卿《すうききょう》も姿を現した。

側近を十名ほど連れて守られているが、顔は青ざめている。

ビスティ国王も側近を引き連れ、ヘルメスは一人で姿を現した。

そしてその場には魔物に食いちぎられ、ボロボロになったギレンの死体もあった。

ブリック元帥《げんすい》が口を開き、会談が始まる。

「この度の戦争は、聖教国側による事前通告なしの一方的な領土侵犯が原因であり、ギルノア王国と友好国であるビスティ王国は一切の妥協をするつもりはない。これから提示する条件が呑まれない場合は、即時に戦争は再開され、聖教国軍を殲滅《せんめつ》後にギルノア、ビスティ両国による聖教国の分割統治を行う」

枢機卿《すうききょう》側が国の代表として、返答を述べた。

「今回の戦争行為で国外へ戦火を広めた事に関して、聖教国として正式に謝罪いたします」

「謝罪はわかった。補償と関係者の処分はどうなる」

「まずギルノア王国に対して攻め込む指示を出した、張本人であるギレン神官長。彼はすでに亡くなっております。ギルノア王国側がすでに制圧されている西武地区に関しては、補償として割譲いたします。住民に関しては各人の希望を聞き入れ、聖教国の国民である事を望む者に関しては、聖教国の支配地域への移住を認めていただきたい」

「勝手に亜人を攫ってきて隷属《れいぞく》させ、使役してきた国の言葉とは思えぬが、住民を隷属《れいぞく》させるような真似はしまい。ギルノア王国としては聞き入れよう」

「ビスティ王国への補償ですが、聖教国は二千万人の国民を抱えており、これ以上の土地の割譲はできないのが現実でございます。金銭での補償をさせていただきたい」

「ビスティ国王、いかがですか？」

「ビスティ王国においては、土地は欲していないので補償は金銭で構わない。だが、聖教国全土の亜人の探索を徹底させてもらい、それによって最終的な補償額を決定する。また、今後もし、ビスティ国側において聖教国側の奴隷商人の活動を確認すれば即時捕縛後、死罪に処する。今回、わが領土に踏み込んだグスタフ軍責任者、グスタフ枢機卿《すうききょう》に関しては、その姻族三親等にわたって死罪を求める」

「そ、そんな無茶苦茶な条件が聞き入れられるわけがなかろう。正当な血筋の聖教国の継承者は私しかいない。こうなれば全軍に指示を出し、一気に殲滅《せんめつ》してくれるわ」

そう叫び出したグスタフ枢機卿《すうききょう》を、横にいたその息子だろう者が拘束し、一気に首をねじ上げて骨を折ってその場で殺してしまった。

「お見苦しい物をお見せしました。グスタフの息子グリースでございます。ビスティ国側の言い分は当然だと思います。しかし、三親等はあまりに厳しいと思います。今回の戦に参加しなかった私以外の親族はお見逃しいただけませんか？　私は息子として父の暴挙を止められなかった責任を取り、この場での処刑で構いませんので」

「惜しいな、そなたが後を継いでおれば、違う未来もあったかもしれぬが」

ビスティ国王が顔をしかめて言った。

「それもまた、人生です。できればまだ見ぬ婚約者との間に子をなし、血を残したかったのですが、今となっては叶いそうにありません。ブリック元帥《げんすい》、伝言を頼めますか？」

「何だ？」

「私の婚約者は、ギルノア王国の聖女イスメラルダ様です。聖女の任が終わる今年、婚姻の予定でした。約束を果たせず申し訳ないとお伝えくださいませ」

「わかった。必ず伝える」

「ビスティ国王、せめてその手で私の首を刎《は》ねていただけますか？」

「聞き入れよう」

ビスティ国王が自らの手でグリースの首を刎《は》ねた。

「残った次期教皇の候補者はヘルメス司教のみ。このままヘルメスがこの聖教国の代表者となるのか？」

「枢機卿《すうききょう》たちと話し合うため、しばし時間をいただけますか？　今私が代表者となる宣言をしても、グスタフの指揮した二十万の兵士たちが言う事を聞かなければ全く意味がありませんので」

結局、他の選択肢もなく、七名の枢機卿《すうききょう》から聖教国軍の全てがヘルメスの指揮下に入るように厳命され、次期教皇もヘルメスに決まった。

「あ、トンネルにいる十五万人、どうしますか？」

早速ヘルメスが代表者として返答した。

「国土が実質半減しましたから、できればギルノア王国で採用して養ってもらえませんか？　もちろん、住民同様聖教国に戻ることを希望する者には、そのようにしていただきたいのですが」

その返事を聞いて私は思ったよ。

今まで、全住民合わせても五万人くらいなのに、軍だけで十五万人なんて絶対無理って……

「ブリック元帥《げんすい》、私の領土では全然管理する人が足りていないですから、その辺りは手配をお願いしますよ？　ていうか、私、無理ですからね？」

「人は何とかするが、位置的にアスカ以外に任せられん。トンネルがあるんだから何とかなるだろ？　後は陛下に采配を任せよう」

こうして、聖教国との一連の騒動は終わった。


私はブリック元帥《げんすい》と王国の教会を訪れていた。

「聖女イスメラルダ。以上が貴女の婚約者であったグリース司教の最後の言葉です。潔い立派な方でした」

「そうですか。お会いした事はなかったのですが、残念です」

「イスメラルダ。聖女を引き継いだ後はどうするの？」

「アスカの領地でお世話になろうかな？」

「マジ？　大歓迎だよ。待っているね」

「父も流石《さすが》に二回続けて婚約が駄目になったから、そう急いで勧めてくることもないだろうしね」

イスメラルダの実家は公爵家で、現在の国王陛下の弟がイスメラルダの父親だ。

私の領地へ来ると言うなら、国王陛下を通じて事情をある程度わかっている公爵様の反対はないだろう。

友達の少ない私にはとても嬉しい事だよ。

◇　◆　◇　◆

それから半月後、私は陛下に謁見していた。

「陛下。まだスパリゾート領すら全然形になっていないのに、聖教国の西半分なんて貰ってもどうすればいいのですか？」

「なーに、アスカなら問題なく治められるだろう？」

「『なーに』じゃないです。無理です、って言うかやりたくないです。何人住んでいると思ってるんですか？」

「西部地区で三百万人ほどのはずだ。この国の人口が十パーセント増えたな」

「まだ西部地区国民と面談をやっていないから、残るかどうかはわからないですよ？」

「その辺りは王都から官僚を出向させるので心配するな。向こう十年間、前教皇が統治していた時期より、税を半額にすると伝えるしな。もしかすると東部地区からも利に聡い者が流れ込んでくるやもしれぬの」

「そんなぁああ」

聖教国の西部地区はギルノア王国内最大級の公爵領よりさらに大きな土地となる。

大陸全土で見ると、小国家より遥かに大きな規模になってしまった。

ただ、聖教国は貴族制度がなく、中央からの官僚の派遣による統治のシステムになっていたから、統治自体は難しくはないはずだ。

さらに、ギルノアから統治のために回される人材は陛下が思い切った決定をした。

落ち着くまでの間、責任者としてブリック元帥《げんすい》とブリュンヒルドが滞在するのだ。

ウエストエッジ地区を統治していた王子や王女たちも、四つの勢力のトップであるミカ様、フルフト様、スイーティオ様、ゼクス君以外は全員領地をそれぞれのトップに明け渡し、西部地区へと派遣された。

この七人は、割譲された地域の統治を実体験として学んでもらうらしいよ。

当面、王国式の貴族制度は導入せずに現状の官僚による管理を踏襲し、各部門の責任者を王国から派遣する。

私のスパリゾート領で学んでいる孤児や、貴族家の三男以下の者にとっては就職先ができるから嬉しいかもね。

もちろん、西部地区の住民たちにもチャンスは平等に与える。

学びたい人はスパリゾート領で教育を受け、この領地の高級官僚になる道は用意するよ。

ブリック元帥《げんすい》には、まずトンネルに閉じ込めた十五万人の兵士の意思確認を頼んだ。

命令されたとはいえ、スパリゾート領へ攻め込もうとしたんだから、そのまま何もなく解放！　ってわけにはいかない。

それにしても、三百万人の人口に対して十五万人の兵士って、数が多いって思ったんだけど……聖教国には徴兵制度があり、十八歳から二十四歳までの期間のうち三年間、兵役の義務が課されるそうだ。

徴兵されていた十二万人ほどは、全員が西部地区にある実家へ戻ると希望した。

残り三万人は職業軍人で、下士官が二万五千人。そのなかで一万五千人が除隊を求めた。

残りの一万人は新たに西部地区が創設する軍に入隊する予定だ。

五千人いる士官のうち三千人ほどは皇都から派遣されており、皇都軍への帰属を希望したので皇都側から戦争捕虜の解放としての対価を求めた。

残りの二千人は、半数の千人が除隊。

千人が軍への残留を希望したのでブリック元帥《げんすい》が直接軍の再編を行う。国境守備軍として駐留する組織を作るつもりだ。

国境警備だけであれば、残った一万一千人の数でも十分すぎるよ。

よく今まで十五万人の兵士の食費とか税金から出してたもんだよね。

絶対、負担が住民にのしかかっていたはずだ。

それにしても今までとは桁違いに人数が多いから本当に大変だよ。

「という事で、みんな意見を出してくださいね」

今日は聖教国西部地区の名称を決めるため、主だった人たちが私の領館に集まっていた。

私、お父様、イレーナ姉様。

フーバー名誉伯爵、サリア、リナちゃん、セシルちゃん、スープラ君。

それに、王子や王女たち十一人が揃ってる。

とりあえず全員で、各々考えた名称を紙に書いて出してもらった。

それを張り出して投票で決める。

だって、もう自分で考えるの、めんどいし……

結局……決定した名称は『セイントブレス』地区になった。

聖教国の宗教的な名称で、元神聖聖女である私の加護を受けた地域という意味合いで決まったんだけど、これって絶対クッソ恥ずかしくて自分ではつけないよね……

西部地区最大の街も、セイントブレスに改名された。

人口は四十万人に達するとても大きな街なんだよ。

この地区は、全ての街や村に必ず教会がある。

信仰する宗教自体は王国と同じなんだけど、ちょっと解釈が違うっていうか、宗派が違うみたいな感じじかな？

元聖女の私はどこの街に行っても拝まれちゃうのが……ちょっと恥ずかしすぎるな。

フリオニール一行は幽閉された地下牢から、ゲイルの土属性魔法によって脱出に成功し、必死でスパリゾート領との間に立ちはだかる山脈を越えていた。

フリオニールがブルックに尋ねる。

「ブルック。特務機関所属ってどういう事なんだ?」

「フリル。黙っていてすまないが、うちの家系は代々王国の暗部に携わっていた。俺はフリルの護衛任務が終わってから、暗部に所属するはずだったんだが……」

「だが?」

「フリルがマリアンヌなんかと関わるから、実家から早急な対処を求められたんだ。特務機関に所属する者は王国内の人物が国外に逃亡した時、国外で処罰や捕縛ができるよう各国間で暗黙に認められている。ただし逆にやられたり国外で捕縛されたりした時の保障はないけどな」

「そうなのか……」

「本当は口外できない。セーバーもゲイルも、もちろんフリルも秘密を守ってくれ。情報が漏れれば俺は実家から始末される可能性があるからな……」

「あ、ああ、わかった。でも……ゲイルもブルックもすごい実力を隠していたんだな」

「王太子の護衛だからな。普通の奴には任せないさ」

「セーバーも何か隠しているのか？」

「俺か？　俺は、フリルの盾となるために育てられただけだ。ちゃんと守れるように、少しは大人しくしてくれよ？」

「何か、すまん。もう少しで山を越えるな。スパリゾート領に入れば何とかなるはずだ」

だが、彼らはスパリゾート領が今でこそアスカによって少しずつ開発されているが、元々は魔獣が強すぎて誰も住めなかった場所だという事を失念していた。


「ぎゃあああぁぁあ。何なんだよ、ここの敵の強さは……とてもじゃないが俺たちでどうにかできる範囲を超えているぞ」

叫びながら逃げ回るフリオニールにセーバーが冷静に言う。

「牢に入れられた時に武器も持ち物も全て没収されたから、今はゲイルとフリルの魔法だけが頼りだ。頑張ってくれ」

ゲイルは攻撃を避けながらフリオニールに言った。

「竜種が普通に徘徊してるな。戦うだけ無駄だから全力で逃げよう」

「もう……腹が減って、走る気力もないぞ……」

「死にたくないなら走れ！　フリル」

「少しは俺を大切にしろよ」

「馬鹿野郎。生きてなきゃお前を大切にすることもできないんだ。いいから走れ」

ボロボロになりながらも何とか走り抜け、ノードン川が見える位置まで辿り着いた。

「ここまで来ればもう大丈夫だ。とりあえず川沿いに進めば旅人用の集落はあるはずだから、何とか飯にありつけるだろう」

「金もないのに、どうやって飯を食べるんだ？」

「宿屋くらいある。皿洗いとかさせてもらって、何とか最低限の武器を手に入れるまで頑張るしかない。冒険者証は取り上げられてるから、早目にギルドへ行って再発行しなければならないし、それも無料じゃないからな」

「まさか……セーバー……俺も皿洗いするのか？」

「飯が食いたいなら、少しは働け」


しばらく進み、川沿いのまだ新しい集落に到達したフリオニール一行。ブルックが街の宿屋を見つけて店主に四人を雇ってもらえるように交渉をした。

「貴方たち、四人ともここで働きたいって言うの？」

「はい。何でもやりますからよろしくお願いします」

「まぁ、みんな囚人服みたいなボロキレ着ているし、臭うからとりあえず風呂に入りなさい。理由はひとまず聞かないけど、お客様に迷惑を掛けたらただじゃおかないわよ？」

「「「ありがとうございます」」」

「お風呂から上がったら制服を出しておくから、それに着替えてね」

「何から何までありがとうございます。オーナーさん」

「あら、オーナーさんなんて堅苦しい呼び方は止めてよ。私の事はカトリーヌって呼んで。呼び捨てで構わないわ。できたばかりの宿だから人も足らなくて困っていたし、ちょうど良かったわ」

四人はカトリーヌに促され、風呂へ向かった。

フリオニールがブルックに囁く。

「なぁ、ブルック。あの漢女《ひと》って見た目はあれだけど、いい人そうで良かったな」

「ああ、とりあえず装備を整えるまでは、ここでみんなで頑張るしかない」

「しかし、この風呂は気持ちいいな。何が違うんだろ」

「ああ、スパリゾート領は健康にいい湯が売り物らしい。恐らく、ここもそうなんじゃないかな？」

「そうなのか」

風呂から上がったところで、カトリーヌが声をかける。

「貴方たちの着ていたボロキレみたいな服は洗っても無駄だから、もう捨てちゃうわよ？　綺麗な制服を用意してあるからね。着方がわからないといけないから私がお手伝いしてあげる」

四人がその言葉を聞いた時、なぜか背筋に冷たいものが走った。

「あら。みんなさっぱりしたらなかなか可愛いじゃないの。ますます私好みだわぁ。下着から順番に着けてね」

「あ、あの……カトリーヌさん。俺たち男なんですけど？」

渡された服を見て困惑しつつ、ブルックが尋ねる。

「わかってるわよ？　ちゃんと股間にぶら下がってるのも確認したし、フリル君とゲイル君のが可愛いままなのもちゃんとチェックしたわよ？」

「で……何でこのフリフリな服が用意してあるのでしょうか？」

「制服だからに決まってるじゃないの。大丈夫よ、サイズは問題ないわ」

「サイズの問題ではないと思いますが……男性用のズボンはないでしょうか？」

「ここの宿にそんな無粋な物なんてあるわけないじゃないの。ここでは従業員は膝上二十センチ丈のスカートって決まってるのよ？　ちゃんと太もも丈のソックスも用意してあるから大丈夫よ」

カトリーヌの言葉を聞いてフリオニールが青ざめた。

「ちょっ、ブルック。マジでこれ着るのか？」

「すでに俺たちの服は捨てられてるし、今はしょうがない。我慢しろ、フリル」

「……」

「お着替えが終わったらお化粧をしてあげるから、みんなそこに座りなさい」

「け、化粧ですか？」

「そうよ。大丈夫。貴方たちはみんな若いしお肌もすべすべだから、綺麗になるわよぉ。私ほどじゃないでしょうけどね」

「「「……」」」

「支度ができたら貴方たちの歓迎祝いに美味しいご飯を用意してあげるわよ」

「おい、フリル、今は食事のために我慢するんだ」

「わかった、セーバー……」

こうしてフリオニール一行は、新たな扉を開けたのだった。

第五章　領地の繁栄とフリオニールの帰還

聖教国との争いから一年が過ぎた。

今年で私は十八歳になる。

そして私の数少ない友達、イスメラルダが六年間の聖女の任を終え、スパリゾート領でお手伝いをしてくれることになった。

私には親友と呼べるような人は彼女しか居ないので、かなり嬉しい。

女神聖教の聖女の仕事は、正確には何年間とか決まってないし、適性のある人が現れれば、複数人存在する事もある。

私とイスメラルダの時もそうだったしね。

でも、今までの歴史の中で二十歳を超えても聖女の仕事を続けた方はいない。

聖女はとても強い魔力を持っていて、王家や高位貴族家から婚姻の申し込みがとても多く、次の聖女が現れると十五歳以上であれば大抵は貴族家へと輿入れして引退するからね。

優れた血筋を残したいのは、貴族家である以上は当然なのかな?

事前に連絡を受けていた私は、イスメラルダを迎えにスパロウ号で王都に向かった。

教会の前でイスメラルダが女の子と話をしていた。

どうやら次の聖女のようだ。

「イスメラルダ、お疲れさまでした。それと、あなたが新しい聖女かな？　お仕事は大変だけど頑張ってね」

「アスカ。お迎え、ご苦労さま。新しい聖女のアリアちゃんを紹介するわね」

「初めましてアスカ様。神聖女様にお会いできてとても嬉しく思います」

イスメラルダの次の聖女はアリアちゃんという名前の十二歳の女の子で、瞳はブルー、髪も濃いブルーで腰まで伸ばしたとても綺麗なストレートヘアだよ。

それに十二歳にしてすでに……私よりも身体のメリハリがはっきりしてる……

微妙に敗北感を覚えちゃう……


「私はとっくの昔に聖女じゃなくなっているし、今はアリアちゃんの方がずっと偉いと思うよ」

イスメラルダがちょっと周りの目線を気にするように小声で話し始めた。

「アリアちゃんは魔力量が……かなり多いみたいなの」

「へぇ、そうなんだ。アリアちゃんは結界に魔力を注ぐのにどれくらいの時間かかるの？」

「あのですね……三十分くらいで終わります」

「すっごいねー、お昼寝し放題じゃん」

私がそう言ってアリアちゃんを見ると、なんだか背筋がゾクっとした。

「す、すごい……」

アリアちゃんは私を見て驚愕の色を浮かべて言う。

「え？　何が」

「私、【真実の眼】というスキルを授かっているんです」

「何それ？　もしかしてユニークスキルなの？」

「はい……鑑定の上位互換のようなスキルで、隠蔽されていても人や物を正確に鑑定できるんです」

「って事は……私のいろいろ、見えちゃった？」

「はい……」

「ちょっと待って、今言わないでね。周囲に聞かれたら困るし」

「わかりました」


ユニークスキルは、極まれに現れる特別な能力で、世界に同じ力を持つ人は一人としていない。

もちろん、その能力の持ち主は、国から重用される。

三人でイスメラルダの私室へ移動した。

彼女のお引越しの荷物の片付けもあったからね。

部屋に着くとイスメラルダが紅茶とお茶菓子を準備してくれる。

「ソファーで寛《くつろ》いでてね」

「ありがとう、イスメラルダ。それで、アリアちゃんに見えたものを教えてくれるかな？」

「イスメラルダお姉様には聞かれても大丈夫ですか？」

「うん。大丈夫だよ」

「魔力の総量が……私は千二百ほどなんですが……アスカ様は千八百万って……どうしたらそんな量になるんですか……」

「あー……それは、頑張れば？　かな」

さすがのイスメラルダもその数字を聞いてびっくりしていた。

「ちょっとアスカ？　それが本当なら、アスカが本気で魔力を結界に注ぐのに、どれくらいの時間が必要だったの？」

「……………十……秒かからないかな……」

「何よそれ、酷《ひど》いね。一体結界の間で六時間も何していたの？」

アリアちゃんも時間の短さに流石《さすが》にちょっと引いていた。

そして、アリアちゃんの言葉は続く。

「アスカ様もユニークスキルをお持ちなんですか？　【転生者】って見えますけど」

「ブハッ……」

思わず紅茶を噴出しちゃった。

「ちょっ、アリアちゃん。絶対、誰にも言わないでね……」

「は、はい……」

当然、会話を聞いていたイスメラルダは興味津々《きょうみしんしん》で尋ねてくる。

「アスカ、転生者って何？」

親友と思う相手に対して、誤魔化すのは良くないかな？

今この部屋の中だけの話、この部屋から出たらその話は禁止！　という条件で二人に話す事にした。

「転生は……一度死んで、新しく生まれ変わる事だよ」

「えーっ、すごいじゃないの。そっかぁ、生まれ変わりってあるんだね。私も次の人生で困らないように、女神様にしっかりとお祈りを続けていかないとね」

「あのね……イスメラルダ。盛り上がっているところ悪いんだけど、私の前世は、ここことは全く違う世界だったんだよ。その世界には女神聖教もなかったし、女神様は関係ないかも……」

「えっ？　そうなの」

「うん。この世界に魔法陣があるでしょ」

「それこそ結界とか錬金釜の魔法陣の事だよね？」

「そうそう。その魔法陣に使われている文字や言葉が……私が前世で使用していた文字だったんだよ」

「それで、アスカは結界の修復ができるんだ」

「うん……イスメラルダも、これからスパリゾート領で過ごす間に勉強したら、ある程度は理解できると思うよ。頑張ってね」

「わー、楽しみが増えちゃったよ」

そこまで会話を黙って聞いていた、アリアちゃんが質問してきた。

「そういえば、アスカ様。私が【真実の眼】で結界の魔法陣を見た時、教会の結界は『半径三キロメートル区間を守る図形』でしたけど、あれはどういう事なんですか？　確か四年ほど前に、王都の結界は半径十キロメートルまで広がりましたよね」

「あー……それね。私が新しい結界魔法陣を別の場所に書いたんだよ。新しい結界にはお祈りはいらないんだけどね。ただやっぱり、結界を二重にしていた方が安全だから、元の結界へのお祈りはそのまま続けてもらうように言ってあるの」

「そうだったんですね……最近新しい魔道具や結界魔法陣が次々と生み出されているのも、全てアスカ様の手によるものだったんですか？」

「そうだよ」

「すごいです……アスカ様、私も聖女の任務が終わったらアスカ様の下でお世話になりたいです」

「それは大歓迎だけど、アリアちゃんはまだ婚約者を決められてないの？」

「私は実家が平民ですから、今はまだ話は来ていないです。枢機卿《すうききょう》の養女になって、教会でずっと聖職者として過ごさないかと誘われていますけど……できれば違う世界を、もっといろいろ知りたいんです」

「そっか、そうだよね。六歳の頃からずっとここだけで過ごしているのはつらいよね。でも、今年からは学園に通えるでしょ？　そこでお友達を作れば、きっとほかにもやりたい事が見つかるかもしれないよ？」

「そうなんですが……私も、アスカ様やイスメラルダ様と同じ魔法科の特別クラスに通う事にはなったんですけど……」

「当然そうだよね」

「他のクラスメイトが全員貴族様だから、とても居心地が悪そうだなって……」

「そうかもしれないね……まだ将来どうするかなんて急いで決めなくてもいいけど、アリアちゃんの気持ちが変わらなかったら、スパリゾート領に来て」

「えっ、いいんですか？　ぜひお願いしたいです。私、アスカ様の下で学びたいです」

「じゃぁ、アリアちゃんの次の聖女の子が育ったら迎えにくるよ。教会には私から伝えておくし、国王陛下にもちゃんと承認してもらうから安心してね」

「はい。ありがとうございます。アスカ様」

アリアちゃんが来てくれれば、私も助かりそうだしね。

早速、枢機卿《すうききょう》に拝謁し、アリアちゃんの話をした。ちょっと悔しそうな表情されていたけど、スパリゾート領内の各街に女神聖教の教会を作り、それを枢機卿《すうききょう》の功績とすると話をしたら、大喜びで賛成してくれたよ。

イスメラルダも話の急な展開にびっくりしていたけど、アリアちゃんの能力を考えると、それが一番本人のためには良さそうだと言ってくれた。

イスメラルダの荷物をマジックバッグに収納して教会から出ると、まず、彼女の実家である公爵家に挨拶しに伺った。

イスメラルダのお父さんは、国王陛下の弟でとても温厚な方だ。

表舞台にはあまり顔を出されないが、その能力は極めて優秀で評判も高い。

「アスカ女元爵《にょげんしゃく》、イスメラルダをよろしく頼むな。婚約が二度も破談になり、私からは当分婚姻をすすめはしない。本人のやりたいようにさせてくれ」

「はい。大切に預からせていただきます。私、イスメラルダ以外に友達がおりませんし、彼女の能力も知っていますから、とても助かります」

「イスメラルダ。アスカ女元爵《にょげんしゃく》を支え、頑張るのだぞ」

「はい、お父様。それでは、行ってまいります」

結界の外に出るまで飛空船を使えないので公爵家の馬車に乗り、王都の外まで送ってもらった。

「王都もずいぶん発展したよね」

「そうね。アスカが結界を広げてくれたから、どんどん街が大きくなって人も増えているしね」

「イスメラルダ。これから聖女服で過ごさなくても良いんだし、ショッピングを楽しもうね」

「うん。とっても楽しみだよ。アスカみたいな冒険者の服も欲しいな」

「えっ？　イスメラルダも冒険者に興味あるの？」

「うーん。どうだろ。私が生き物を殺すのはとてもハードルが高い気がする。けれど、大切な人を守るためならやるしかないし、いざという時に身体が動かなきゃ話にならない。準備はしておきたいな」

「そうなんだね。じゃぁさ、スパリゾートに着いたら一緒にダンジョンに行ってみない？」

「ダンジョン？」

「そうだよ。そこだとね、階を下に行くにつれて魔物が段々と強くなっていくの。普通の森で狩りをするより、実力に合わせた魔物と戦えるよ。それに倒した魔物の姿が残らないから、ちょっとだけ気が楽なんだよね」

「へー、そうなんだね。行ってみたいかも。どこにあるの？」

「えっとね、ウエストエッジ地区の河川工事をやっている時に、地区の東に広がる山脈で二か所新しいダンジョンを見つけたんだよ。今は王国の直轄領で、街も何もない場所なんだけどね」

「そうなんだ。危険はないの？」

「私もまだ入っていないけど、他のダンジョンの例からすると、無理さえしなければ大丈夫だと思うよ。これでも私はSSSランクの冒険者だしね！　シルバもいるし」

「シルバちゃんって、戦えるんだ？」

「あの子は、すごいんだよ。このあいだゼクス君と二人で狩りに行った時に、フェンリルにランクアップしちゃったし」

「フェンリルって……お伽噺《とぎばなし》に出てくるような、神狼王のこと？」

「そう！　それだよ。だから今は念話でお話もできるようになってるし、大きさも自由自在なの。とっても心強いんだよ」

「そうなんだ。シルバちゃんにも早く会いたいな」

「今日は教会に寄ったから、お留守番してもらっているの。スパリゾートに着いたら会えるよ」

馬車が王都の外壁へ到着し、私たちは降りて街の外に出た。

開けた場所でマジックバッグからスパロウ号を取り出すと、イスメラルダが感動する。

「これが噂の飛空船なのね。すごいわ。何かデザインが可愛いし」

「このスパロウ号は、名前の通りに雀をモチーフにしているの。でも性能もすごいんだよ。今この国に存在する、どの飛空船よりも速く飛べちゃうからね」

「ねぇ、アスカ。私にも飛空船を飛ばせるようになるの？」

「イスメラルダの魔力量なら余裕だよ。魔力操作の練習をすればすぐに飛ばせるようになるよ」

「わー。楽しみがどんどん増えちゃうね」

スパロウ号に乗り込み、王都の上空に浮かび上がるとイスメラルダの興奮も最高潮に達した。

「わーーーー、すごい！　素敵!!　こんな眺めが見られるなんて、超感激ーー」

「それでは、スパリゾート領に向かって出発だよ！　馬車だと十日くらいかかるけど、飛空船なら三時間で到着するからね」

スパリゾートへは海上を横断するのが一番の近道だけど、イスメラルダが景色を楽しめるように沿岸部分をなぞる空路を選ぶ。

王国の様々な領地の上空を通りつつ進む空路中、イスメラルダは興奮しっぱなしだった。

スパリゾートの領都に到着すると、ゼクス君がシルバと一緒にお出迎えをしてくれた。

「アスカ様、お帰りなさい。イスメラルダ様も聖女の任務、お疲れさまでした。これからはこの街で自由に伸び伸びと楽しんでくださいね」

「ゼクス王子、なんだかアスカの旦那様みたいだね？　六歳も年下なのが信じられないよ」

「そっか、ゼクス君はアリアちゃんと同じ歳になるんだね」

「誰ですか？　アリアちゃんって」

「イスメラルダの次の聖女になった女の子だよ。とっても可愛くて素敵な子なの！　ゼクス君も王都に戻った時に会ってみたらいいよ。一目ぼれしちゃうかも？」

「そんな、私には、アスカ様以上に素敵だと思える女性なんて絶対にいません」

「……アスカ？　あなたってショタコンだったの？　完全にゼクス王子がアスカの魔の手に落ちてるじゃない」

「ちょっ、イスメラルダ。人聞きの悪い事言わないでよ。私はそんな趣味ないし、ゼクス君だってそんな風に言われたら迷惑だよね？」

「いえ、全然迷惑ではありませんし、むしろ周りの男性たちからそう見てもらえれば、ライバルが減るというか……」

「あらあら、これはゼクス君のアスカへの思いは本気モードみたいだね」

すると『ウゥウグルグルゥ』とちょっと低いうなり声を上げて、シルバがゼクス君を威嚇《いかく》し始めた。

「何だシルバ、妬《や》いてるのか？」

ゼクス君がシルバにそう声を掛けると、シルバがピョーンと大きく飛び跳ねて、ゼクス君の顔を踏み台にして、私の胸に飛び込んで来た。

もちろん子犬サイズだよ？

私の胸にしがみ付き、ほっぺたをペロペロと舐めてゼクス君に対してドヤ顔をする。

「アスカ様。シルバの奴、絶対考えが不純ですから、甘やかさないでください」

「えー、だって可愛いくて、モッフモフなんだからしょうがないじゃん」

「モッフモフがいいなら……私の耳とか尻尾を触っていただいても構いません。いつ触られても困らないように、手入れは入念に行っていますから」

イスメラルダがその様子を見て、大声で笑いだした。

「アスカ、めっちゃ愛されてるよねぇ。楽しそうで何よりじゃん。今のところ、ゼクス王子の最大のライバルはシルバちゃんって感じなのかな」

「イスメラルダ様……そんな風に言われると困りますが、私は、必ずアスカ様の横に立って恥ずかしくない男になってみせます」

「頑張ってくださいね、ゼクス王子」


その後、早速スパリゾートの大浴場でイスメラルダとゆっくり過ごす事にした。

シルバも一緒についてきている。ゼクス君だけが悔しそうにしていた。

「ゼクス君。今日は主《おも》だった人たちを集めてイスメラルダの歓迎会をしたいから、領主館へ行ってサリアに準備を頼んでおいてねー」

「わかりました。それでは早速伝えてきます」

温泉にイスメラルダと一緒に浸かる。五十メートルプールのような広さと、そこから見えるスパリゾートの街並みをじっくりと堪能した。

イスメラルダはリラックスした表情でのんびりと言う。

「アスカ、本当に素晴らしい街だね。ここに来て良かったよ」

「まだまだ、今からいっぱい驚く事があるから楽しみにしていてね」

「うん」

その日の夜は、領主館で主だった人たちを集めてイスメラルダの歓迎会を行った。

スパリゾートの人たちが聖女だったイスメラルダの移住を心から喜んでくれた。

どこから聞きつけたのか、北のグレン聖教国のヘルメス教皇から書簡が届いた。

まわりくどい挨拶文が長々と書いてあったけど、要約すると『聖女イスメラルダ様に一度、グレン聖教国へご来訪いただけないでしょうか』という内容だった。

「どうする？　イスメラルダ。面倒だったら断るよ？」

「一度行ってみたかったし、お受けして大丈夫だよ」

◇◆◇◆

翌日、早速スパロウ号で護衛としてシルバも連れて聖教国へと向かった。

戦争後のグレン聖教国は、ビスティ王国への慰謝料などでかなり財政的な負担が大きく、教皇庁のある宮殿も贅沢な装飾はずいぶん減ったように見える。

ヘルメス教皇自身も節制に努めているみたいで、他の聖職者たちも以前のような煌びやかな衣装ではなくなっていたことが印象的だった。

「ようこそ、お越しくださいました。アスカ女元爵《にょげんしゃく》、聖女イスメラルダ殿」

「ヘルメス猊下《げいか》。私はすでに聖女を引退した身、イスメラルダとお呼びください」

「わかりました。それではイスメラルダとお呼びしましょう。今日は少し、アスカ女元爵《にょげんしゃく》と貴女にご相談したい事がございます。その前にまず、当国の聖女ミッシェルを紹介いたします。ミッシェル、これへ」

教皇に呼ばれてきたこの国の聖女ミッシェル。彼女の年齢はまだ十五歳で、淡いピンク色の髪、瞳の色はグレーでとてもまつ毛が長い。

それに……なんで、私以外の聖女ってみんな身体の発育が良いんだろうね？　なんか微妙にイラっとする……

「イスメラルダにはミッシェルに助言いただきたいのです。主に貴女の聖女としての経験談など聞かせてもらえればうれしく思います。この国では長く聖女が存在せず、男性の聖職者が結界の維持も行っておりました。聖女の在り方で相談にのれる者がおらず、心細い思いをさせております。元聖女である貴女なら、的確なアドバイスを頂けると思いますので、よろしくお願いします」

「猊下《げいか》はお優しいのですね。私がお教えできる事は多くはありませんが、お話を聞いてあげるくらいはできますので、二人きりになれる場所をご用意いただけますか？」

「すぐに用意させましょう」

ヘルメス教皇はお付きの者を呼び、二人は部屋を出て行った。

「ヘルメス様、私には何の用ですか」

「アスカ女元爵《にょげんしゃく》と二人っきりでお話ししたいのですが……」

「えっと……二人っきりはちょっとパスです。せめてシルバは同席させてください」

そう言って、私の足元で丸まっているシルバを抱き上げた。

「それはもちろん構いませんよ」

私はヘルメス様の後について彼の執務室へと向かった。

◇　◆　◇　◆

その頃、イスメラルダはミッシェルの話を早速聞いていた。

ミッシェルはおずおずとイスメラルダに問う。

「イスメラルダ様は、聖女のお仕事がお好きでしたか？」

「ミッシェルはどうなの？」

「私は……あまり好きではありません。あの……私は……今は亡きグリース様の従妹なのです」

「そうだったのですね……一度もお会いできなかったのですが、婚約者としてギルノア王国のブリック元帥《げんすい》から、とても潔い立派な最期だったと聞きました」

「グリース様はなぜ死ななければならなかったんでしょうか？」

「それは私にはわかりません。ただ一つ言うならば……過去を振り返る事は無駄とは言いませんが大切なのは未来をどうしたいか、ではないでしょうか」

イスメラルダはミッシェルの瞳をじっと見つめて言った。

「貴女の最初の質問に答えますが、私は聖女の仕事が好きでしたよ。結界に魔力を注ぐ事は、私が王都を、王都の民を守っているのだと、充足感がありましたから」

「そうなんですね。私はヘルメス教皇は優しくてとてもよい方だと思いますが、他の枢機卿《すうききょう》や皇都のお金持ちの人たちにはあまり評判がよくありません。そのせいで、以前に比べると献金が全然集まらず、教皇庁も財政的に大変だと聞いています」

「その辺りの事情はアスカから少し聞いただけなので、私は詳しくありません。ただ、ヘルメス猊《げい》下《か》は亜人奴隷の解放に力を注がれ、きつい仕事や辛い仕事をこの国の人たちが担《にな》うことになったので、そういった方から反感を買ったのでしょうね」

「そうだったのですね。私は聖女として何をすればよいのでしょうか」

「そうですね、それを知りたければ、アスカの下へ来てみては？」

「アスカ様の下へですか？　でも……結界維持のため、皇都の教会からは離れられません」

「それもアスカに相談すれば、きっと問題なくなると思いますよ。私もこれからはアスカの側《そば》におりますので、ミッシェルがスパリゾートに留学すれば、いつでもお話しできますわ」

「素敵ですね。ヘルメス教皇に相談し、ぜひスパリゾート領で学びたいと思います」

◇　◆　◇　◆

私はヘルメス教皇の執務室で彼と対面していた。

「この国の女神聖教の教義を変えると仰るのですか？」

「あるべき姿に戻したいのです。今、このグレン聖教国では、一部の者にとって都合がいいように教義が捻じ曲げられているのは否めません」

「それが奴隷制や教会が直接軍を備える事に繋がっていると？」

「はい、その通りです。私はこの先『政教分離』を果たし、女神聖教グレン派による統治を終わらせたいのです」

私はあまりに話のスケールが大きすぎて混乱してきた。

「えーと……それはどのようにするおつもりでしょうか」

「この教皇庁を兼ねているグレン大聖堂での活動以外は全て禁止し、できればアスカ女元爵《にょげんしゃく》に、西部地区と同様、この国の一括統治をお願いしたいのです」

ヘルメス教皇の言葉に仰天した。慌てて反論する。

「そんなの無理に決まってるじゃないですか。私はあくまでギルノア王国の一貴族です。国同士の問題に手出しなどできません！」

「実際に貴女が統治されているこの国の旧西部地区と、この大聖堂を擁する東部地区の戦争後の発展の差を埋めようとするなら、他に手段がないのも明白です」

「だからってそんな事を言い出せば、他の聖職者から反感を買うだけです」

「そこで提案です。ギルノア王国で主流になっている女神聖教の教えにもいびつな部分があるはずです。両国間でお互いすり合わせ、本来あるべき女神聖教の教義に戻しましょう。国の垣根をなくし、本来の女神聖教を大陸全土に布教したいのです」

「規模が大きすぎて何とも……すごい発想だとは思いますが」

「早急に結論が出る問題ではありません。ただ、私の考えをアスカ女元爵《にょげんしゃく》に知っておいていただきたかった。今回、イスメラルダとミッシェルを引き合わせたのも、そのためです。二人から各国での教えの良くない部分を出してもらい、すり合わせる。そして誰が見ても、女神聖教が民の心を安らげるために存在している、とわかる教義を作り上げたい。それを私のライフワークにしたいと思います」

「素晴らしいとは思いますが……私を当てにはしないでくださいね？」

「どうでしょうか？　私が言いださなくても、この世界がアスカ女元爵《にょげんしゃく》の下で纏められていく気がしておりますが」

「そんなことあり得ませんから！」

ヘルメス教皇の考えを聞いた私は、少しだけ不安を感じつつ、イスメラルダとともにスパリゾートへと戻った。

それから一月《ひとつき》もしないうちに、聖教国のミッシェルが留学してきて新たな女神聖教に関して活発な議論が行われた。

その場にはギルノア王国の現聖女であるアリアちゃんもたびたび現れた。

結界の間で定められている六時間のお祈りのうち、五時間半は自由時間のアリアちゃん。

私は彼女のために結界の間の片隅に錬金工房への転移魔法陣を書き、彼女は頻繁に私の工房を訪れていた。

その後、この大陸全土を巻き込む異変が起き、この議論は現実化してヘルメス教皇が思い描いたような状況になっていくのはまた別のお話だ。

◇◆◇◆

僕、ゼクスは久しぶりに会ったシルバに駆け寄った。

「シルバ、大きくなったなぁ」

「アオン！」

すでに三歳になったシルバはもう十分に大人だと言って良いだろう。

でも、体は大きくなってもあいかわらず、モッフモフで超可愛い。

僕の姿を見ると、覆いかぶさって顔じゅうをペロペロ舐めまわしてくる。

アスカ様、僕にシルバを譲ってくれないかなぁ？

今日は僕が久しぶりにスパリゾート領へと戻ってきたので、アスカ様からシルバを借りて二人で魔獣を狩りにきている。

一国の王になるとしたら、並大抵の努力では臣下に舐められちゃうからね。

現在はビスティからも百名の留学生を受け入れている。

成績優秀者はそのまま僕が即位したときの側近として一緒に国を治める予定だ。

彼らに負けないように僕自身も頑張らなきゃ。

アスカ様のスパリゾート領は計画的に開発されていて、人々が暮らす部分にはしっかりと結界が張られ、街も発展している。

人口の増加に応じて温泉もどんどん掘られ、スパリゾート領内ではどこの街へ行っても温泉に入れる。衛生面においても万全だし、住民は本当に幸せそうだ。

僕がいずれ国王になれば、この領地のように豊かな国にしたい。

僕専用の小型飛空船『ゼクシード』にシルバと二人きりで乗りつつ未来を考えていると、スパリゾート領のど真ん中に存在するバルボラ火山の上に着いた。

ゼクシードはサイズこそ六人乗りの小型艦だけど、その運動性能や搭載した魔導砲は最高クラスの性能だよ！

この火山は標高二千メートルを超え、火口にはドラゴンの集落が存在している。

ずっと知られていなかったけど、上空から見て初めてドラゴンの集落が確認されたんだ。

人の容姿になれるドラゴニュートと呼ばれる竜人種も存在するはずなんだけど、今のところはアスカ様から、「どう考えても私たちの方が勝手に侵略している感じだから、向こうから接触してこない限りは火口には近寄ったら駄目だよ？」って言われていた。

今日ももちろん言いつけは守って、火山の麓あたりで狩りをする。

「シルバ、強い敵が多いから頑張ろうね！」

「アォオン！」

僕の使う剣は、お爺様から頂いたアダマンタイト製の大剣だ。アスカ様が魔法陣を刻んでくれて、軽量化、自動修復、切味強化、風属性付与と四つの能力が付与されている。

この剣を使いこなすには、アスカ様の下で最初の頃にずっとやっていた魔力循環が肝だ。完璧にできないとすぐに剣に魔力を吸い取られて体が動かなくなっちゃう。

でも、必要な能力をうまくコントロールして付与すると絶対的な強さを手にできる。

「シルバ、ランドドラゴンだ。気を付けろ！」

「アォオン」

シルバがランドドラゴンの足元を駆け抜けながら、後ろ足を斬り裂いて態勢を崩す。

僕は剣に魔力を流し込んでランドドラゴンの太い首を一撃で切り落とした。

刃渡り一、二メートルほどの大剣でも風属性付与の効果で五メートル幅なら切断できる。

アスカ様が使うと三十メートル幅でも切断できるらしいけど、僕にはそこまでの魔力はないからね……

倒れたランドドラゴンをマジックバッグに収納するために近づくと、辺りの気配が変わった。

「ん？　なんだ、この気配は？」

「クゥウン？」

次の瞬間、僕たちの目の前に巨大な白金色のウルフが現れた。

「え……フェンリル……」

フェンリルは全ての狼の頂点に立つ存在だ。

狼獣人である僕にとっても、神と同義の存在である。

思わず尻尾が内側に丸まってしまった……

でも、シルバを見るとビビるどころか臨戦態勢を取っていた。

「小童、ここは我が領域。誰の許可を得てこの場で狩りをしている」

喋った……流石《さすが》、神狼王と呼ばれるだけはある。

でも、僕もシルバの表情を見ると気持ちが落ち着いた。

「許可も何も、ここにフェンリル様がいるなんて初めて知った。意外に料簡《りょうけん》が狭いんだね。出会うまでは神のような孤高な存在だと思っていたのに」

「ほう、我を侮辱するか混血。地獄で後悔するがよい」

フェンリルが臨戦態勢をとる。

「シルバ。行けるか？」

「アォン！」

やる気満々だ。

「小童二頭で我に敵うと思うな」

「うるさい、おっさん」

全長十五メートルはあるフェンリルは先程のランドドラゴンと比べても一回り大きい。

最初から全力だ！

魔剣に思いっきり魔力を流し込み、まっすぐに振り下ろした。

だが軽くジャンプして、やすやすと躱されてしまった。

「くそぉおっ、さっきのランドドラゴン戦でも魔力使っちゃったから、あと一振りが限界だ。シルバ、動きを止めてくれ」

「アオン」

シルバはそう一鳴きして、一気に横の樹を駆け上ると大空に飛び上がった。

そのまま空を駆けて、フェンリルの後頭部へと飛びつく。

しっかりと爪を首筋に突き刺し、雷魔法を発動した。

ゼロ距離からの雷魔法では大したダメージを与えられなかったみたいだけど、フェンリルは一瞬、硬直した。

「今だ！」

残る全ての魔力を一気に剣に注ぎ込んで、腰だめで剣と一緒に突き刺した。

フェンリルの巨体がゆっくりと倒れていく姿を見ながら、僕も魔力の使い過ぎで意識を手放した。


「ウーン……止めてくすぐったいよぉ」

「ゼクス、起きて」

どれくらい時間が経ったんだろう。

辺りはもう暗くなっていた。

横にはランドドラゴンの死体と、フェンリルの死体があった。

そして僕の顔を舐めていたのは……

「シルバなの？」

「うん」

「えぇ？　なんで？　縮んだ？　っていうか……喋った？」

「うん。さっきのフェンリルが最後に僕に話しかけてきて、『我が魔石を喰らえ。未熟なれど、我を倒したお前が次の神狼王フェンリルとなる。精進しろ』って言われたの」

「で……なんで子狼になってるの？　シルバ」

「あ、魔石を食べたらいろいろできるようになって、大きさも自由に変えられるの。このサイズの時に一番アスカがモフってくれてたから、普段はこの大きさでいようかなって」

「シルバ……あざといな」

「テヘペロ」

こうしてシルバはフェンリルへと進化し、アスカの愛情を独り占めするために精進するのだった。

◇　◆　◇　◆

あと半年もすれば、お父様の指揮する河川工事も終わる。

労働奴隷として三年間工事に携わっていた旧ウエストエッジ辺境伯領の一揆勢もそれぞれ街へと戻り、ミカ様たち四人に絞られた王国の後継者争いにも決着がつくだろう。

現状ではミカ様の領土が人口六万人を超える発展を見せており、すでに以前のウエストエッジ辺境伯領と比べると半分の人数まで増加している。

フルフト様の領地は領民が五万人になった。農地が多いので七万人の一揆勢が解放されれば一気に流入し、もしかしたら逆転する可能性を残している。

スイーティオ様の領土も三万人を集めている。元々二万人もいない地域だったので、人口の伸び率で言うならば一番だ。

最後は、ゼクス君だけど……

ビスティ国王から跡を継いでくれと打診があったからなのか、作り上げている街はすごく立派だけれど、なにぶん住民をほとんど受け入れていない。

今は主要産業というか、稼働しているのは漁船が停泊している港と飛空船の船体を作る造船工場だけになっている。

飛空船の最新鋭艦では最初からミスリル合金を使い、大きく強度を上げた。より高速での移動や素早い方向転換に対応できるようになっているんだよ！

街づくりは私のスパリゾートの街を参考にし、碁盤のように綺麗に整備されている。

家さえ建てれば二十万人が暮らせるほどの敷地面積で、元々河川の多い街なので農地もかなり余裕がある。

現状では畑仕事をする人はいないんだけどね。

どうしてもスパリゾート領の方があらゆる面で便利だから、わざわざゼクス君の街で暮らすより、私の領地で暮らしたい人が多い。

いまだにゼクス君の土地には人口が千人にも満たない。およそ八百人程度だ。

現在は、ウエストエッジ地区の各領土へ渡る橋を架ける工事が、中心に行われている。

私も橋の設置などでは土魔法でお手伝いをしている。

セイントブレス地区と元々のスパリゾート領を繋ぐ四本のトンネルも魔道具の照明設置を行い、地面もセメントで固めて馬車通行も快適に行えるようになった。

両地区の交流も盛んになり、領都スパリゾートタウンはセイントブレスの街を上回る五十万人規模の街になった。

街中で建築ラッシュも起きていて、すごく活気があるよ。

急ぎで必要な建物なんかは、セイントブレス地区からの移築で何とかしている。

私は実務を全てフーバー名誉伯爵に任せ、魔獣を狩りながらスパリゾート領全域を少しずつ開発しているところだ。

開発区域はノードン川沿いに作られた五つの宿場町からまっすぐ北の山脈に向かって進み、山脈の四本のトンネルに直結するように広がる。

私が最も得意とする結界魔法を張り、開発が進むとそれに合わせて結界の範囲を広げている。

結界外に残された森林には凶悪な魔獣も生息しているけれど、街自体は安全が保たれているよ！

そして、ゼクス君の街では月に一隻のペースで船が作られ、すでにこの一年間で十二隻が加わった。現在では王都空軍と領都空軍が十隻ずつ所持している。

今後は各公爵家に一隻ずつ、戦闘能力の低いタイプの飛空船を提供する計画だ。

各国からも飛空船に関しては引き合いが多いんだけど、今は国外への提供は予定していない。

その代わりに、各国からの留学生の受け入れは行っている。

スパリゾートタウンは、現在学生だけでも二万人を超える学園都市となった。

冒険者も数多く集まるこの街は、冒険者ギルドも王都に次ぐ規模でキャサリンさんも大忙しだよ。

でも、最近ちょっと不穏な噂を聞いた。

スパリゾート領の領都以外の街で活動する冒険者が、なぜか女装男子のパーティばかりらしい。

今のところ、女性冒険者が何か被害にあったとは聞いていないけど、なぜ女装が流行っているのか、意味わかんないよ……

「キャサリンさん。今、領都以外で女装が流行しているのって何か原因があるんですか？」

「あ、ああ、それね……」

「何だか歯切れが悪いですね？」

「ほら、アスカちゃんもお世話になったでしょ？　カトリーヌさん」

「はい」

「あの人は元々ＳＳランクの冒険者なのよね。趣味のお料理を生かせる仕事がしたいって、冒険者を辞めて宿屋を始めたんだけど……」

「やっぱりカトリーヌさんって強かったんですね。そんな気はしていました」

「カトリーヌさんはアスカちゃんも知っている通り、女性の味方でしょ」

「はい、それはわかります」

「で、このスパリゾート領内に集まってくる人たちって、みんなが良い人というわけでもないから、それなりに問題も起こるの」

「まぁ、人が集まれば問題はどうしても生じますね」

「女性に対しての犯罪行為やカトリーヌさんをからかったり侮辱したりする人たちのほとんどが、そっちの世界へご案内されちゃうのよね」

「そ、そうなんですね……具体的な内容を聞きたい気もするけど、ちょっと怖いから聞かないでおきます」

「うん、私も聞かない方がいいと思うよ」

「それと、実力のある冒険者が女装した人ばかりなのは関係あるんですか？」

「それは、宿屋の従業員の方たちだと思うわ。あそこは、従業員の制服が男女を問わず基本カトリーヌさんと同じ格好だから……カトリーヌさんは宿で出すお料理の素材を、従業員を引き連れて狩りにいくから、恐らくそれが目立っているんじゃないかな？」

「へぇ……でも、よくあの制服で人が集まりますね？」

「カトリーヌさんは女性にすごく優しいし、女性従業員が大半なんだけどね。カトリーヌさんが経営する宿屋は領都を合わせると六軒もあるから、従業員の方もそれなりの人数がいるはずよ。中にはカトリーヌさんに新しい扉を開かれた男の娘《こ》たちが、『カトリーヌお姉さまと共にありたい』って言い出して働く事も多いらしいわね」

「そうなんですね……まだまだ私が知らない事もたくさんあるんだなぁ」

「そう言えば、冒険者の男性って基本ゴリマッチョな人が多いから、男性従業員も見た目インパクト強めな人が多いの。でも、比較的新しい川沿いの三番目の街だけは、若い四人組でとても綺麗な男の娘《こ》が頑張っているそうだよ。まだ十代か二十代前半の四人組らしいけど、恐らく実力的にはSランクくらいはあるんじゃないかって噂ね」

「すごいですね。レイド案件でもあったら出てくるのかな？」

「どうでしょうね？　一度次の招集時に声かけてみましょうか？」

「そうですね。私もこの領内の冒険者たちの実力を把握したいから、次は危険がなければ冒険者の方々の動きを拝見したいと思います」

◇　◆　◇　◆

――それから約半年後。

三年間に及んだ旧ウエストエッジ辺境伯領の河川工事が今日で終わりを告げる。

私やペルセウス国王陛下、宰相パトリオット様に元帥《げんすい》ブリック様、王宮筆頭魔導士のソニア様も揃って、スパリゾート領ウエストエッジ地区の中心街、ウエストエッジタウンで式典が行われた。

この街の住民たちや河川工事に携わった七万人も領民としての権利を回復されて参加し、とても賑わっている。

刑務作業を行っていた住民は三年間の労役をこなし、やり遂げた達成感に溢れていた。

さらにギルノア王国が今回の労役に対する賃金として家と土地を用意し、ウエストエッジ地区の好きな場所に住居を定められると伝えられ、嬉し泣きの声もあちこちで上がっていた。

式典を終えてブリュンヒルド号に乗ったのは陛下と十一人の王子と王女、開発の指揮を執った私のお父様ギルバート元侯爵、フーバー名誉伯爵とイレーナ姉様、今ではすっかり私の右腕と言っても良い存在の、リナちゃん、セシルちゃん、スープラ君、それにイスメラルダ。

全員が一緒に上空からでき上がった工事を視察していた。

陛下が私たちの後ろでお父様に話しかけた。

「ギルバート、よくぞ見事に完成させたな。隠居させておくにはもったいない手腕だ」

「陛下、畏れ多きお言葉、ありがとうございます。不甲斐ない父親でありますが、残された人生をアスカの力になれるよう全うしたいと存じます」

「今後は何をする予定なのだ？」

「アスカに頼まれております、セイントブレス地区を領土が広大なため、地区内を四つの地域に分割するつもりです。その地域を州と定め、州知事に着任するつもりであります」

「そうか、ギルバートであれば私も安心して任せられる。頼むぞ」

「もったいなきお言葉」

ウエストエッジ地区は堤防工事がきちんと行われたから、これからは水害に悩まされずに済むだろう。

橋も各要所にかけられ、非常に機能的な街へ変貌を遂げていた。

しばらく街を眺めていた陛下は、後継争いを行っていた四人の王子、王女に向き合って言った。

「さて、ミカ、フルフト、スイーティオ、そしてゼクス。お前たち四人がこのウエストエッジ地区をここまで見事に立て直し、我が国が最も重きをおく人口増加の施策に基づいて見事な手腕を発揮した事、褒めてつかわす」

「「「「ありがたきお言葉」」」」

陛下の言葉に四人が声を揃えて答える。

「この後、河川工事に参加した七万人が各街に落ち着き、新たな生活を始めた時点で最終判断を下す」

「父上、よろしいでしょうか？」

「どうした、ミカ？」

「それならばすでに結果は出ております」

「ほう、ミカがそう言うならば、自分が勝ったという報告かな？」

「いいえ、私は長女として、兄弟姉妹が揃ったこの場所において我が優秀なる弟、ゼクスを讃《さん》したいだけでございます」

「ん？　報告ではゼクスの領地は比べるまでもなく最下位だと聞いておるが？」

「私たち、フルフトもスイーティオも、他領から多くの移民を招き入れ、発展を促しました。しかしこの三年間で他の領地の出身者によって発展した街に、工事に駆り出された元々の七万の人員が馴染めるための配慮が欠けておりました。ゼクスは一切他領からの移民を入れず、七万の河川工事従事者が労役を終えた時、落ち着いて暮らせる環境づくりだけを手掛けてきたのです。七万人の全てがその配慮に感謝し、ゼクスの領土で暮らしていく決断をしました。さらにその者たちに連なる家族もゼクスの街での生活を望んでおります。最終的にはゼクスの領土の住民は十万を超えるでしょう。兄弟一同、元々の領民たちの気持ちを汲んだ、優れた弟を褒め称え、誇りたい気持ちでいっぱいでございます」

「そうか。よく申した、ミカ。それでは王太子としての認定を下す話は一度白紙となるな」

「父上、それはいかなる事情でございましょうか？　まさかゼクスに獣人の血が混ざっているから、王太子にふさわしくないなどと仰るのではないでしょうね？」

「馬鹿者！　父を見くびるではない。ゼクスは獣人国ビスティの次期国王として、正式に義父《ちち》から養子縁組を申し込まれておる。しかしゼクス本人の希望により、成人するまでの間はアスカ女元《にょげん》爵《しゃく》の下で学びたいと、あと五年間は元爵の補佐をすると決まっておるのだ」

ミカ様ははっと顔を伏せ、すぐさま陛下に謝罪した。

「そうでございましたか。浅慮な発言であった事、お詫び申し上げます」

「構わぬ。なに、焦らずともよい。私もまだ当分次に譲る予定はないから、今回最後まで争った三人とフリオニールも含め、ゆっくりと見極めさせてもらう」

「そういえば、フリオニール兄様は戻られたのでしょうか？」

「ああ、今日は来ておらぬが、ちゃんと約束を果たし、Sランク冒険者になった。先週、王宮に従者の三人と共に戻っておる。ただし、いろいろと問題行動も多かったので、王太子ではなく、第一王子として帰属を認めたがな」

「そうでございましたか。兄様のご帰還を心より嬉しく思います」

「今後だが、フリオニールとミカ、フルフト、スイーティオには今回よりさらに大きな地区、辺境領を開発してもらう。今までは結界の問題などで手が出せなかったが、今はわが国にはアスカ・スパリゾート女元爵《にょげんしゃく》という宝が存在する。各辺境領の領都にする部分に結界を張るのは、国からアスカ女元爵《にょげんしゃく》へ頼むつもりだ。あとの開発は今回の経験を糧にして頑張るのだ」

「「畏まりました」」


私は領地へ戻ってきていた。ゼクス君も一緒だ。

「ゼクス君、すごいねー。もうゼクス君なんて呼んだら駄目か、ゼクス・ビスティ王太子殿下」

「アスカ様、そんな呼び方しないでください、今まで通りゼクスとお呼びください」

「ダルド君たちはどうするの？」

「そこは、アスカ様、いや女元爵《にょげんしゃく》にご相談があります。ダルドたちの優秀さは十分にわかっていただけていると思います」

「もちろんだよ」

「ビスティ王国では獣人の血が入っていないと流石《さすが》に王の側近として認められるのは難しい。アスカ様の領地でしかるべき立場を用意していただきたいのですが、いかがでしょうか」

「大歓迎だよ！　今日お父様が言っていたけど、スパリゾート領はすでに広大な面積になったから、合州制度を取り入れたいの。セイントブレス地区は四州、スパリゾート地区は二州、ウエストエッジ地区も二州に区割りしてそれぞれの州知事を置く形ね」

「そうなんですね、広大な地域の統治方法としてすごく勉強になります」

「すでにパトリオット宰相とブリック元帥《げんすい》から、リナちゃんとセリナちゃんとスープラ君を正式に私の領の所属とする事もお許しをいただいたわ。スープラ君は空軍の指揮官として、リナちゃん、セリナちゃん、お父様、イスメラルダ、イレーヌ姉様の五人にそれぞれ州知事に就任してもらうけど、残りの三州、セイントブレス地区のお父様の下でサバト君とダルド君とカール君に州知事を担当してもらえないかな？」

「すごい！　本人たちも絶対喜びます。ありがとうございます。アスカ様」

段々とこの領地も形になってきたよね。

フリオニールたちがカトリーヌの宿屋に転がり込んで、すでに一年以上が過ぎていた。

「みんな。今日のビュッフェの食材調達に行くわよ」

「「「お姉様、了解です」」」

最初はカトリーヌの下で一緒に過ごすなど、冗談じゃないと思っていたフリオニールだが、この漢女《ひと》はただ者ではなかった。

毎日宿屋のお客様を送り出すと「今日のビュッフェの食材調達に行くからついてきて」と言われ、四人で荷車を引き、森へと入っていく。

最初のうちは、ただただ圧倒された四人だった……

自分たちが聖教国から逃げ出す時にあんなに苦戦した魔獣を、一撃でバンバン倒していくカトリーヌ。

「貴女たちは倒した魔獣の血抜きと解体をしっかりやりなさいよ？　心を震わす美味しいお料理のためには、手抜きは駄目だからね？」

「了解です！　お姉様」

カトリーヌが魔獣を倒す姿を見て、フリオニールたちは四人揃って「「「美しい……」」」と思ってしまった。

あの強さを身に付ければ、Sランク冒険者にもなれる。

自分たちに残された最後の希望の光は、この冒険者の宿『バラの誓い』にしかない！　そう思うようになっていた。

最近ではお互いに制服の着付けができるようになり、セーバーは絶対領域の理想的な幅を毎日研究している。

ブルックは理想的なメイクの研究に余念がない。

ゲイルはかっこかわいい髪形のセットを極めようとしていた。

そしてフリオニールは制服を綺麗に着こなすには、自分たちにない物……そうバストが必要不可欠だと確信した！

胸の綺麗なラインは男ではどうしても作れないので、スライムゼリーをポイズントードの革に詰め、触り心地も最高なパッドの開発に取り組んでいる。

最初はあんなに嫌だと思っていたスカートも、今ではズボンでは絶対に味わえない解放感の虜《とりこ》だ。

旅人の客から色目を使われるのはマジ勘弁してほしいと思うが……


そんなある日の事だった。

カトリーヌに客が訪ねてきた。フリオニールたちはその姿に見覚えがあった……

ギルドの受付嬢キャサリンだ。

過去に昇格試験を受けた時、フリオニールが大事な部分を潰された記憶は、今でもトラウマである。

カトリーヌがフリオニールたちに尋ねる。

「ねぇ貴女たち、聞いてなかったけどギルドランクはあるの？」

「あ、はい。今は一応、全員Aランクです」

「あら、そうなのね。この領地にいる冒険者のランクをギルドが把握しておきたいらしいから、次のレイドの時にCランク以上の冒険者がいれば参加するように、キャサリンから頼まれちゃったの。その時は参加してね」

カトリーヌの言葉にセイバーがおずおずと言った。

「あ、あの。ずっと言おう、言おうと思っていたんですけど」

「何よ？」

「俺たち、この『バラの誓い』に辿り着く前に冒険者証や武器を全てなくしてしまっていて……それを再び手に入れ、Sランクまで上がる事が目標だったんです」

「あら、そうだったの？　早く言ってくれればよかったのに」

「お姉様の下で修業をする事が一番近道だと思い、精進していました」

「そう？　その選択は間違ってはいないようね。貴女たちみんな、美しさも強さもここに来た頃とは桁違いよ。私が保証してあげるわ。武器なら……なぜかちょっと調教《おはなし》をしたら翌朝いなくなっていたお客様がけっこういるじゃない？」

「そ、そうですね……確かに」

「そんな人たちの装備品を地下室に放り込んであるから、どれでも好きなの持って行っていいわよ」

「本当ですか？　すごく嬉しいです、お姉様」

「あと、冒険者カードは昇格する時に作り直せば手数料はタダですからね」

「そうだったんですね」

その時、キャサリンがしげしげとフリオニールたち四人を見つめて言った。

「あれ？　あれあれあれあれあれ？　もしかして、貴方たちってフリルさんたちなの？」

「…………はい」

「王都から三年前くらいに姿を消したから、もう辞めたのかと思っていましたよ。スパリゾートに来ていたんですね。ずいぶん雰囲気変わっちゃっいましたねぇ……」

「ここには一年ほどですが……なぜキャサリンお姉様がここにいらっしゃるんですか？」

「キャサリンお姉様って……貴方たち、ずいぶん人としても成長できたようですね。私は今このスパリゾート領支部の責任者をさせていただいています。次のレイドの招集の時に、全員のランクを客観的に確認させてもらおうと思ってますので、フリルさんたちも頑張ってくださいね」

「「「「はい！　頑張ります」」」」


それから二週間ほどで、レイドパーティは招集された。

フリオニールたちはカトリーヌから装備を譲ってもらい、身につけた。

「あら、そんなのじゃ駄目だわ。レイドの招集で一番大事なのは、誰よりも美しくある事よ。もっとばっちりフルメイクになさい」

「「「はい！　お姉様」」」

今回の招集は、トンネル入り口付近に現れたレッドドラゴンが討伐対象だった。

総勢二百名ほど、このスパリゾート領で活動しているCランク以上の冒険者が集まっている。

上空には一隻の飛空船が待機していた。

空を仰ぎつつ、フリオニールがセーバーに話しかける。

「なぁ、セーバー。あの飛空船はアスカが乗っているのかな？」

「ああ、街で聞く情報だときっとそうだ。領軍は基本魔獣討伐では動かないらしいから」

セーバーの言葉にブルックとゲイルがうなずく。

「しかし、アスカ様すごいよな。あっという間に聖教国を屈服させて、ギレンが管理していた地域を王国領土にしちゃったとか」

「俺たちがギレンの下で世話になってたって、ばれたらヤバくないかな？」

ゲイルが心配そうな表情でセーバーを見た。

「ああ……でも、とっくに知られているかもしれないけどな……」

ブルックが諦めたように呟く。

「それは特務機関の情報によってか？」

「そうだな。でも今回頑張れば、冒険者ランクはきっと何とかなる。とりあえず頑張るしかない」

「貴女たち、何難しそうな話をしているのよ？　レッドドラゴンは強敵だけど私が保証するわ、普段通りに美しく戦えば、貴女たちなら大丈夫よ！」

「「「はい、お姉様」」」

レッドドラゴンは冒険者たちの手によって無事に討伐された。

「皆さん、お疲れさまでした。この後、ギルドスパリゾート支部において今回のレイド戦の表彰式とランク認定をいたします」

キャサリンの言葉で全員がスパリゾート支部に集まった。

巨大なレッドドラゴンは、飛空船が降りてきてアスカがマジックバッグの中に丸ごと収納して持ち帰った。

ギルド前広場ではレッドドラゴンの頭部が討伐の証として飾られ、さらにそのお肉は串焼きにして、集まった人々に無料で振舞われている。

ドラゴンの肉は非常に高級な食材なのだが、今日はアスカが買い取って領民に提供された。

大勢の領民が集まり、すごい盛り上がりだ。

「きゃあぁあ、あの美しいお姉様たちもレッドドラゴンなんかと戦われたのかしら？　素敵だわ」

歓声を聞いてセーバーがフリオニールにこっそりと言う。

「おい……フリル。俺たち完全に女だと思われてないか？」

「ああ、俺の作り上げたスライムジェルパッドは、完璧な体形を作り上げるからな」

「フリル。俺たちってさ……努力の方向間違えたかな……」

「貴女たち何言ってるのよ？　この歓声はほとんど私と貴女たちに向けられているわ。美しさこそが正義なの！」

集まった冒険者たちから正当に評価され、フリオニールたちのパーティはSランク相当の実力があると伝えられた。

そして、新たな金色に輝く冒険者証を領主自らが渡してくれる事になった。

「おめでとうございます。貴方たちのような若く美しいメンバーの揃ったパーティが実力を示してくれたことを、領主として大変嬉しく思います。Sランクの冒険者証です。…………って、フリオニール様？」

「馬鹿、アスカ、黙ってろ。あくまでも冒険者フリルとそのパーティだ」

「は、はい、わかりました……あ、あの……よくお似合いです」

その後、フリオニールたちはカトリーヌにだけは事実を伝え、宿屋の仕事を辞めて王都へ戻ると話した。

「フリルちゃんたち、ここで学んだ事をこれからに生かしてよ？　常に美しくあれ！」

「「「はい、お姉様」」」

冒険者フリルは国王陛下との約束を果たし、王宮へと凱旋した。

もちろんカトリーヌ作の、フリフリロリータファッションである……

「陛下。フリオニール様が謁見を求められています……」

「どうした、パトリオット。顔色が優れないな」

「それが……お姿が少しばかり謁見にふさわしくないかと思いまして」

「冒険者として活動しておったのだから、姿はそれに応じた物であるのはしょうがない。大事な事は、約束通りにSランクになれたかどうかだ。ここに通しなさい」

その言葉によって、フリオニール一行は国王陛下の前へと案内された。

「父上。私フリオニールは約束通り、セーバーたちと共にSランク冒険者となり、ここに戻ってまいりました」

そう挨拶をして金色に輝く冒険者証を提示し、この国のどこの貴族令嬢よりも美しいカーテシーを陛下に捧《ささ》げた。

「そうか、よくぞ約束を果たし戻ってきたな……ところでその格好はどういう事なのだ？　それも四人揃って」

「この衣装は、未熟だった私たちにご指導くださった、人生の師匠とも言える方にご用意していただいた物です。陛下にご挨拶をするまでは教えを守り抜こうと四人で話し合い、この姿で謁見をする事を選びました」

「ふむ。これからずっと、その姿で過ごす選択をしたわけではないのだな？」

「はい、しないとも誓えませんが、プライベートな時間の趣味にとどめようと思います」

「そうか。趣味であれば人に迷惑を掛けぬように。これ以上は言うまい」

こんな部分は、妙にものわかりの良い国王であった。

その後、フリオニールは王宮への帰属を認められた。

「冒険者活動中における問題行動も数多く、当面は王太子として認めるわけにはいかない」

だがほかの兄弟たちと同じように、候補者の一人として扱われる事が告げられた。

陛下の使者からの言葉を聞いて、セーバーはしみじみと言った。

「王子、帰属が認められただけでも良かったと思います」

「そうか……だけど、兄弟たちと王位を争うとなると大変だな」

フリオニールの言葉に続けてブルックとゲイルも言う。

「そうですね、ミカ様もフルフト様も優秀さは幼い頃から噂になるほどでしたからね」

「ですが、陛下から出された条件も大変ですね」

「辺境の開発と、マリアンヌ親子の捕縛か……」

国王陛下から次の課題として与えられたのは、国内の辺境領の開発であった。

すでに辺境の開発ではスパリゾート領という、あり得ないレベルの成功例があるので、並大抵の開発では陛下を納得させられないだろうと、フリオニールでも理解できる。

そこで、どこの辺境領を選ぶのが良いのか見るために、ブリック元帥《げんすい》のブリュンヒルドを借りて上空から国内を見て回った。

「どう思う、セーバー」

「そうですね。辺境領と言われるだけあって、どこも森林と山脈ばかりの土地ですが、スパリゾート領の例を考えると、河川の周辺は治水工事だけでもかなり困難を極めそうです」

「そうであれば、一番大きな河川の治水工事がなされている、スパリゾート領の南に広がる地域を選択するのが正解かもしれぬな」

「私もそう思っていました」

三人の従者の意見も一致して、スパリゾート領南に広がる、南北に大きく伸びる山脈が特徴的な領地を選択した。

山脈自体、標高は高い部分でも千五百メートルくらいだ。

そこまで難所とはいえないが、領地全体で見れば東部と西部が完全に分断され、領都の位置の選定も難しそうだ。

「どうしたらいいんだろう？」

「王子、そこは素直に経験者に伺うべきかと」

セーバーの言葉にフリオニールが首を傾げる。

「誰だ？　経験者って」

「当然アスカ様ですよ。領都の位置を決定したら、領都の結界だけはアスカ様に張っていただけるそうなので、意見を聞くべきだと思います」

「聞きにくいんだよな……おまけにイスメラルダも一緒にいるだろ……」

「それは……確かにそうでしょうけど、ここで何の考えもなしに決めてしまうと、絶対に後悔すると思います」

「わかった……」

久しぶりに王子の姿をしたフリオニールは護衛騎士姿の従者三人を伴い、第一王子としてスパリゾート領を訪れる事にした。馬車で街道沿いにスパリゾート領を目指す。

「馬車での移動など、久しぶりだな」

セーバーは苦笑しつつ答える。

「そうですね……冒険者時代はいつもお金がなくて、護衛任務の時くらいしか乗れなかったですよね」

「今となっては懐かしい思い出だ」

「王子……あの体験を思い出と言い切れるのは、メンタルかなり強いですよね……」

フリオニールにゲイルが呆れたように言葉を返した。

ノードン川に架かる橋を越えると、川沿いに一路西へと向かう。

当然、馬車は宿場町を通る。

フリオニールたちはカトリーヌの宿屋を感慨深げに眺めながら、やがてスパリゾートタウンへと到着した。

◇　◆　◇　◆

正式に、王室の紋章の入った馬車で訪れた第一王子を、私は「めんどくさいなぁ」と思いながら領主館に招き入れる。

「アスカ様。第一王子フリオニール様がスパリゾート領南に広がる、辺境領の開発を手掛ける事となりましたので、相談に参りました」

従者の中ではリーダー的な存在なのかな。

従者の一人、セーバーが王子の来訪を告げた。

この時点で、すでにウエストエッジ地区の開発は終了しており、王子、王女の全員がこのスパリゾート領の領都に、魔法陣と飛空船の操縦を学ぶために滞在していた。

同席するミカ様がフリオニール様に声をかける。

「フリオニール兄様。お久しゅうございます。壮健のご様子で安心いたしましたわ」

「ミカか。久しぶりだな。ここに全員が揃っているなど思いもよらなかったが、いつ王宮へ戻るのだ？」

「兄様。私たちはすでに飛空船を操縦できますので、戻ろうと思えば王都までは三時間ほどで戻れます。兄様と同じように、私とフルフト、スイーティオの三名は辺境領の開発を命じられてますので、その開発計画をこうして毎日アスカ様に相談している日々でございます」

「ええっ？　王都まで三時間だと？　私は十日間もかけて馬車で来たというのに……」

「兄様。時代は変わってきております。兄様もアスカ様の領地で学ぶ事をお勧めいたしますわ」

ミカ様の次はゼクス君が話し掛けた。

「兄様。第八王子ゼクスでございます」

「うむ、久しぶりだな。子供の頃以来会っておらぬが、ずいぶん逞《たくま》しく育ったな」

「現在、ウエストエッジ地区の造船工場で、王族や貴族のために移動用の飛空船を順次作っております。フリオニール兄様にも早速一隻ご用意いたしますよ」

「真か、それは嬉しく思うぞ。操縦技術は学べるのか？」

「高度な魔力循環を身に付けなければ難しいので、王国空軍の訓練されたパイロットがまずは配属されます。ですが、兄様の騎士のゲイルさんほどの魔力があれば難しくはないはずです」

「そうか。ゲイル、早速王国空軍基地で操縦技術の習得に励んでくれ」

「畏まりました。フリオニール様」

何ていうか、こういう時は、フリオニール様って普通に立派な王子様なんだよねぇ……

今まであったことを思い返しながら、フリオニール様と兄弟たちの再会を眺める私だった。

エピローグ　領地開拓のその先に

スパリゾート領が拡大してさらに一年の時が流れた。

私もすでに十九歳だ。

この領地に一人で来た時にはまだ幼さが残っていた顔も、領主として冒険者として頑張ってきたこの四年間で、少女から美しい女性と言える見た目に……

なれた……はずだよ？

現在は、各王子や王女の相談役として領地開発のアドバイスをしながら、それなりに楽しく過ごしている。

王太子レースからは一歩引いた王子たちにはそろそろ婚姻の声も掛かり始め、今年辺りは祝い事が続きそうな気配だよ。

今では私の立場は、国王陛下に次ぐ国内ナンバー二であると正式に発表されている。

そうしないと各領地の貴族たちが、魔道具や魔法薬について理不尽な事を言い出してくる。

面倒事を収めるために宰相の助言もあり、決まっちゃったんだよね……

もう少しのんびりするはずだったのにおかしいな。

今日は普段通り、錬金工房で魔道具と魔法薬の作成をイスメラルダと二人でやっていると、イレーヌ姉様が領地全体の予算について確認に訪れた。

「イレーヌ姉様、イスメラルダ。今日はこの後、シルバと一緒にゆっくり温泉でも浸かろうね」

「うん、そうだね」

そんな会話をしていると、小型の飛空船が錬金工房横の発着場に着陸した。

「イスメラルダ……何か嫌な予感しかしないよね」

「あの飛空船は、フリオニール様の専用機だね……激しくアスカに同意だよ……」

「ちょっと面倒な事になった時用に、ゼクス君と衛兵に控えてもらうよう、連絡しておいて」

「わかったよ。気を付けてね」


護衛の人間も連れずに、一人だけで錬金工房に入って来たフリオニール様はいきなり私に対して話し始めた。

「おお、愛しのアスカ。私は大きな過ちを犯した。どうか私の元へ戻り、共にこの国を未来永劫繁栄させようぞ」

「王太子様？　失礼、元王太子様？　頭に蛆《ウジ》でもお湧きではございませんこと？　復縁など死んでもあり得ませんから！」

「アスカ、そんなにつれない事を言うなよ、昔はあんなに愛し合ったではないか」

「どこの記憶をどう辿れば、愛し合っていた時期があったと仰るんでしょうか？　私の記憶の中には一秒たりとも愛し合った事実は存在いたしません。この辺境領を収める女元爵《にょげんしゃく》として、フリオニール様よりも上位の立場として、命じます。とっとと帰れ、ボケ」

すでにイスメラルダによって呼ばれていたゼクス君と獣人族の屈強な兵が、フリオニール様を飛空船の発着場に泊めてあった彼専用機に連行した。

その場に控えていたセーバーさんたち三人に、フリオニール様を引き渡す。

「アスカ様、申し訳ございません。私たちはお止めしたんですが、聞き入れられず、このような事になってしまって……」

「うーん。ちょっとはまともになってくれたかと思っていたけど、本質は変わんなかったみたいだねぇ。あなたたち三人が優秀なのはわかっているから、フリオニール様の下を離れるなら早い方が良いよ」

「ご忠告痛み入ります。それでも我らはフリオニール様に忠誠を誓った身、誠心誠意お仕えする事もまた人生かと思っております」

「そっか……頑張ってね」

三人は最後まで申し訳なさそうな顔をしつつ、暴れるフリオニール様を引きずって去っていった。


「アスカ様ー」

「サリア、どうしたの？」

「陛下より、南のフリオニール様の担当されていた辺境領を一括統治してもらえないかとのご連絡が届いておりますす。どう返事をすれば良いかとフーバーが言っておりますが」

「ああ、それで困り果ててフリオニール様はここに来たんだね。サリア、陛下にはお引き受けする条件として、フリオニール様が私の前に二度と顔を出さないように、しっかりと首に縄を付けて繋いでおいてくれと返事をしておいて」

「畏まりました」


私は状況の確認をするため、転移の魔法陣を使って王宮に出向き、宰相に面談を申し入れた。

宰相は私の到着を待ち構えていたようだ。

「アスカ。フリオニール様の件であろう？」

「はい。いきなり私に復縁を迫ってこられましたが……フリル領はどんな状況になっているのですか？」

「うむ……側近の三名の父親の領地からそれなりに人を集めて開発を進めておったのだが、いかんせん、周りの領地が高度な発展をしておるであろう？」

「そうですね、スパリゾート領とウェストエッジ地区に面していますから、どちらも住みやすく税金も安いのは確かですね」

「隣にそんな条件が良い土地があるのに、わざわざ苦労をして、開発をしたいとは思わないのだ。みんなすぐにウエストエッジ地区へと逃げだしてしまう」

「それでは、いつまで経っても開発が進むわけはないですね……」

「結局、開発する場所を選定するところから、勝負は始まっておったのだが、フリオニール様は一番難しい場所を選んでしまったということだな。近辺に街らしい街の存在しない、ミカ様たちの領地は、結界に囲まれていない地域に住んでいた村落の人間を巧みに招き入れ、各領都の結界内部で安全な環境を提供するなどして、確実に開発を進めておるだけに、もう勝ち目はないとみて自暴自棄《じぼうじき》になってしまったのだろう」

「フリル領は、ダンジョンが二か所も発見されていますし、冒険者に的を絞った都市開発をすれば、ダンジョン産の資源を使った街づくりは比較的簡単なはずですけどね」

「うむ、自分たちが冒険者として活動した経験が全く生かせぬようでは、どちらにしても国の舵取りはできぬであろう。今後は王宮の中で資材管理の部署でも見てもらう」

「あの、私の所にもう一度現れたら飛空船は回収させて頂くと伝えておいてください」

「わかった。伝えておこう」

イレーヌ姉様の意見を聞き入れ、ブリュンヒルド以外の全ての飛空船は、私がそれぞれの運用先に貸与するという形にしておいて良かった。


また大変にはなったけど、フリル地区は私が一括開発できる方がいいのは間違いないしね。

とりあえず南北に延びる山脈にトンネルでも掘って、交通の便を解決したいな。

スパリゾート領全体を運行する、列車の開発とかも楽しいかもしれないよね。

あー……でもなんでこんな状況になっちゃってるんだろ？　私の目標は辺境の地でのんびりとスローライフを楽しむはずだったのになぁ。

でも私は決してあきらめないよ！

私の仕事をぜーんぶ私よりずっと有能な人たちに振り分けて、シルバとモッフモフ三昧で自堕落な生活を送るんだからね！

それに……私だって素敵な旦那様と巡り合って、甘々な結婚生活を楽しみたいっていう野望だってあるんだから！

まだまだ、やりたい事は盛りだくさんな私の異世界生活は、これからだよ！

Regina COMICS
1
原作 竹本芳生
漫画 生倉大福
婚約《こんやく》破棄《はき》されてまして(笑)
大好評発売中!
アルファポリスWebサイトにて好評連載中!
やらかし悪役令嬢爆誕!!
待望のコミカライズ!
ある日突然、自分が乙女ゲームの悪役令嬢に転生していると気づいたエリーゼ。テンプレ通り、王子から婚約破棄されたけど……そんなことはどうでもいい。せっかく前世の記憶を思い出したのだから、料理チートとか内政チートとか色々やらかしたい！さっそくサクッとざまぁを済ませ、家族も国もみんな巻き込み、乙女ゲーム世界にあるまじき“あの料理”で飯テロを巻き起こして――!?
アルファポリス 漫画 検索
B6判／定価:748円(10%税込)
ISBN:978-4-434-29016-9

RC
Regina COMICS
緑の魔法と香りの使い手
1~2
原作◉ Megu Toki
兎希メグ
漫画◉ Mamezo
まめぞう
大好評発売中!
待望のコミカライズ!
ハーブ好きな女子大生の美鈴は、ある日気づくと緑豊かな森にいた。そこはなんと、魔力と魔物が存在する異世界！　魔物に襲われそうになった彼女を助けてくれたのは、狩人のアレックスだった。美鈴はお礼に彼のケガの手当てを申し出る。ハーブを使って湿布をすると、呪いで動かなくなっていた彼の腕がたちまち動くようになり……!?
転生薬
大活躍!!
チートな転生薬師
喫茶店にダンジョンに大忙し!
最強スキルで世界中を癒やします
＊B6判 ＊各定価：748円（10%税込）
アルファポリス 漫画
検索

この作品に対する皆様のご意見・ご感想をお待ちしております。

おハガキ・お手紙は以下の宛先にお送りください。

【宛先】

〒150-6008 東京都渋谷区恵比寿4-20-3 恵比寿ガーデンプレイスタワー8F
（株）アルファポリス　書籍感想係

メールフォームでのご意見・ご感想は右のＱＲコードから、
あるいは以下のワードで検索をかけてください。

アルファポリス　書籍の感想　検索

ご感想はこちらから

本書は、「アルファポリス」（https://www.alphapolis.co.jp/）に掲載されていたものを、
改題、改稿、加筆のうえ、書籍化したものです。

婚約破棄《こんやくはき》から始《はじ》まるバラ色《いろ》の異世界生活《いせかいせいかつ》を謳歌《おうか》します。

TB（ティービー）

2021年 8月 5日初版発行

編集－桐田千帆・篠木歩
編集長－倉持真理
発行者－梶本雄介
発行所－株式会社アルファポリス
〒150-6008 東京都渋谷区恵比寿4-20-3 恵比寿ガーデンプレイスタワー8F
TEL 03-6277-1601（営業） 03-6277-1602（編集）
URL https://www.alphapolis.co.jp/
発売元－株式会社星雲社（共同出版社・流通責任出版社）
〒112-0005 東京都文京区水道1-3-30
TEL 03-3868-3275
装丁・本文イラスト－日向あずり
装丁デザイン－AFTERGLOW
（レーベルフォーマットデザイン―ansyyqdesign）
印刷－中央精版印刷株式会社

価格はカバーに表示されてあります。

落丁乱丁の場合はアルファポリスまでご連絡ください。

送料は小社負担でお取り替えします。


ISBN978-4-434-29143-2 C0093